度越

施叔青

序
寫作如修行，小說即緣法

王德威

施叔青十七歲開始創作，一九六五年在《現代文學》發表短篇〈壁虎〉一鳴驚人。在那個短篇裡，年輕的女作家描寫陰森的家族，蟄伏的欲望，幽微的女性情事，糾結婉轉，而以牆上一隻壁虎的「虎」視眈眈總結那無以名狀的、詭異的氛圍。隨著〈壁虎〉這樣文字的竄動，施叔青寫出〈約伯的後裔〉、〈倒放的天梯〉等作，成為台灣現代主義的女祭司。

一晃五十年過去，施叔青依然寫作不輟。這些年裡她輾轉香港、紐約、台北，寫過香港的盛世繁華，也寫過台灣的歷史起伏，筆鋒所及，既有寫實主義的銳利觀察，也有現代主義的實驗風采。而她對女性人物的刻畫，以及藉女性所發揮的種種隱喻，早已贏得好評。當年與她同時崛起的作家不是早已偃旗息鼓，就是改弦更張。施叔青創作的能量因此特別值得注意；尤其近年她潛心修佛，境界與以往更有不同。

在新作《度越》裡，施叔青處理了一則宗教故事。主人翁依然是位女性，因為紓解情事糾纏來到古城南京，從事六朝佛教藝術研究。與這一當代故事平行的是則中古的故事。「寫經生」朱濟出身寒門，輾轉剃度，法名寂生。寂生原本清淨的修行因為偶遇一位出逃的歌妓嫣紅而起了波瀾；與此同時，他來到建康——今天的南京——學道弘法，卻為當日江南士子的文采風流而目眩神迷。寂生和嫣紅將何去何從？同樣的，一千五百年後的女主人翁將何去何從？

在最淺白的意義層次上，施叔青寫出一則宗教輪迴寓言，並由此反省凡夫俗子的痴、嗔、貪、怨，此生彼滅，綿綿無有盡時。欲望的挑逗，聲色的誘惑，還有潛伏在其後的歷史惘惘的威脅，猶如羅網般籠罩你我的前世今生。如何需求解脫，端在一念之間。但這一念的轉折卻是何其艱難！故事中的人物輾轉各種色相考驗，看似山窮水盡的困境可能帶來靈犀一點的啓悟，但眼前的大徹大悟又何嘗不暗含另一層無明的種子。小說中的寂生追求闃寂，卻禁不住偶然而生的誘惑，反倒是浮華世故的嫣紅在眼前無路之際，放下一切，皤然皈依。緣起與緣滅是這樣流轉無常，修行無非不斷打破我執，度越「有」、「無」的功課。

然而施叔青也有意藉著這個故事反省自己多年創作的心路歷程。熟悉施叔青以往作品的讀者應該會發現《度越》的敘事變得簡約素靜。不論《香港三部曲》、《台灣三部曲》，施的寫作一向以豐瞻繁複為能事，而經營筆下人、情、與物的糾纏務求引人入勝。《度越》的情節仍然複雜，如果沿用以往的策略，不難寫出個動人的故事。但施叔青顯然背道而馳。簡短的章節、直白的宗教典故、意象化的人物，無不淡化小說家原所擅長的穠麗風格。返璞歸真，彷彿她終於理解寫作之道就是個方便法門，何需踵事增華？

細心讀者當然看出施叔青掙扎的痕跡。她的嫣紅曾經如此活色生香，不妨就是《香港三部曲》女主人翁黃得雲的前身，而她對六朝佛教典故的考證記錄也依然帶有羅列鉅細的意圖。但唯其如此，反而顯示作家和筆下人物參詳、演義佛法的艱難。未必完整的結構、人物、猶帶填充的情節縫隙，徘徊今古的時間轉折，在在暗示著本書旨在喚起讀者的慧心，如響斯應，方底於成。

《度越》還有更深一層意義：施叔青的故事引導我們想像宗教、歷史和（文學）書寫的關係。佛教於東漢傳到中國，大盛於魏晉南北朝。佛教教義不僅改變了秦漢以前中國思想的脈絡，並且深入民間文化，帶來深遠影響。施刻意描寫東晉以後建康佛教大興，糅合玄學清談、以及傳統儒家思想所衍生的奇異現象。她也注意南北朝佛教傳布和五胡亂華、導致大規模的民族遷徙的密切關係。亂世裡避居江左的高門巨族面對文明劫毀，儼然從佛教找到安頓——或逃避——現實的方法。但佛法精深，難以一蹴而成。如何正本清源，重溯真如，是小說人物最後的悲願。

而書寫如何展示度越的功能，恰恰成為癥結之一。歷史的迷津，生命的困惑，千言萬語難以道盡。翻譯、傳抄、詮釋佛經要義，如何能傳達三昧，表達信仰的真諦？於是有了朱世行、法顯、玄奘西域取經的壯舉。寂生出家前就是抄寫經文為生，歷經出家、雲遊、邂逅的重重考驗，終於了解自己的局限，有了取經的願景。而千百年後的小說家又如何承襲這條曲折艱難的途徑，以虛構的文字尋求那不著文字的真理？以往的施叔青調動她的生花妙筆，力求再現「她的」香港，「她的」台灣。驀然回首，她似乎了解寫作猶如修行，只是銘記那佛法的無從銘記性，鍛煉文字借此喻彼的空性與自性。

二〇一一年，施叔青完成了《台灣三部曲》最後一部《三世人》，宣布封筆。哪裡知道結束就是開始。在聖嚴法師的點化下，她踏上了創作的新路。這條路，如她自述，走得辛苦，也未必功德圓滿。然而做為一位學佛者，做為一位專志的作家，施叔青必定理解《雜阿含經》的教訓：「此生故彼生，此滅故彼滅。」從少女時期的〈壁虎〉寫到《度越》，施叔青創造了無數人物、情節、世界，從情天欲海寫到了大悲憫、大虛空。她從而理解小說也就是緣法。從寫作中，施叔青見證枯木開花，五蘊度越，一切法得成。

本文作者為美國哈佛大學東亞語言及文明系與比較文學系
Edward C. Henderson 講座教授

目次

度越

施叔青

1

南京博物館，我佇立一尊佛像前凝視良久。那是一尊典型的六朝石佛，長臉細頸，秀骨清相，身體微微向前傾，衣褶飄動，佛像目光下視，浮現著洞察一切的睿智的微笑，對世間一切完全超脫。佛像臉上那不可言說的深意微笑，使我聯想起曾諦，他在我台北就讀的大學教龍樹論師的「中觀」，如果這位教授除下他的黑框眼鏡，目光下視，看起來會很像這尊六朝佛像。

研究所選課時，我沒修他的課，覺得這位教授太冷淡，上他的課一定很無趣。這兩年流行狹窄的鏡框，他依然故我，臉上架著一副寬邊的黑框眼鏡，襯衫永遠不出灰黑白三色，頸間的風紀釦不論寒暑，都是緊緊扣住。從他說話的口音，聽不出是哪裡人，可能是南洋來的華僑吧？系上的師生對他的過去有不少傳言，最聳人聽聞的是說他在美國曾經跟宣化上人出過家，在「萬佛城」修夜不倒單的苦行，後來還俗，到了台灣在佛光大學得到博士學位。

去過他宿舍的同學形容，曾諦教授家徒四壁，清苦得像個苦行僧，書架上盡是佛書，經典論著無不齊全，據說光是《維摩詰經》就收藏有好幾種版本。同學說：

「那一屋子的佛書，幾輩子也讀不完！」

我聽了，吐了吐舌頭。每次到廟裡或佛學圖書館，看到玻璃櫃珍藏的《大藏經》長長一排，連走完都費勁，更不要說讀完了。

我一直待到博物館關門才離去。當天晚上我讀著《洛陽伽藍記》，讀著讀著睡著了，做了個夢，夢見曾諦是東晉的僧侶，身穿華美的僧服，走進一座裝飾富麗的佛寺，來到花園一口水井旁，紅磚砌成的井已被填塞，井緣長滿蘆荻，曾諦俯身向水井照自己的影子，但水面覆蓋著菱荷……

夢做到這裡，醒了。

我相信前世今生。陪母親到廟裡，常聽到法師們說起出家的因緣；還是在家的俗人時，到佛寺參拜，一走進去，感覺十分熟悉，似曾相識，對寺中景物如睹舊物，恍如以前來過，有著很深的宿緣。如果說曾諦教授的前世是位東晉的僧侶，我一點也不會覺得奇怪。有關他的傳言都和佛教圈子有關，有一說他在澳洲淨空法師的講堂念佛，定心見法，大白天見到阿彌陀佛廣大身，後來接觸到阿姜查的英國弟子，到泰國烏汶的巴蓬寺森林修行，他的巴利文是在緬甸的曼德勒學的。

和曾諦教授有了接觸，是從打坐班的靜坐開始的。

那一陣子，我心煩意亂，夜裡老是失眠。靜光法師出家前畢業於我就讀的大學，也是哲學系，為了回饋，發心回校開打坐班，在活動中心二樓的小房間鋪上坐墊蒲團帶領靜坐。為了對治騷動不安的心，我成為小圈子的一員，每次都看到坐在後面的曾教授，他低眉垂眼，有如枯木插椿，屹若株杌，可以連坐好幾支香，禪宗書上描寫的「枯木禪」就是這個樣子吧！

現在回想起來，我還真的羨慕曾教授，他看起來是那麼心如止水，緊閉著因禁欲而烏黑的雙唇，與周遭的人與事保持距離，生命從他身旁流過，都沒有碰觸到他，也碰不了他。

當他聽說我要到南京搜集東晉佛教的資料寫論文，曾教授黑框眼鏡後的眼睛第一次正視我。

「……唐朝詩人杜牧有詩：南朝四百八十寺，多少樓台煙雨中，歷史學者認為是詩人文學的需要而虛化的數字，實際上並沒有這個數目。」

曾諦說他最近讀到一些資料：東晉六朝佛寺一覽表，有名可錄者達二九九座，其中東晉四十五座，包括瓦官寺、鬥場寺、建福寺這些由皇家貴族捐資或捐宅興建。

「東晉六朝都城建康，也就是南京，當時是中國翻譯佛經的中心，佛教的中國化就在這裡完成的。這些佛寺中以鬥場寺最為重要。」

曾諦感激法顯以及天竺禪師佛馱跋陀羅，兩位大師駐錫這座佛寺，翻譯了重要的經書，成為漢傳佛教的寶典。

高僧法顯感慨漢地佛經中有關戒律的部分殘缺不全，為了求取佛陀真傳，五十多歲高齡毅然從長安出發西行求法。歷經險難，越過上無飛鳥，下無走獸，唯以死人枯骨為標誌的沙漠，終於抵達天竺，遊歷佛教聖蹟，學習當地語文，抄寫律法經典。

「後來又到獅子國，現在的斯里蘭卡，搜求到《摩訶僧祇律》、《方等般泥洹經》、《雜阿含》、《長阿含》等經典。」

我耐著性子聽到這裡，高僧法顯的故事還沒有完。

「回國途中又碰到大風暴，漂流到耶婆提國，」曾諦教授說就是現在的印尼：「最後回到建康，前後共十五年，他把自己遊歷多國的紀錄寫成《佛國記》，被翻譯成各種外國文字流行於世。」

法顯，這位被讚譽為五世紀偉大的旅行家，遊記中有不少動人心扉的片段，曾教授提到書中描述他在獅子國，偶然看到一個旅行的商人，以漢地的一只白絹團扇供養佛祖。

「法顯看到來自家鄉的絹扇，思鄉之情令他淒然淚下。」

曾教授鏡片後的眼睛閃了一下，臉上的線條柔和了許多。下次見面，他送了我一本白話文的《佛國記》讓我帶到南京。

自稱從沒到過南京的他，對這古城的一切似乎瞭如指掌，好像什麼都知道，而且每每有驚人之語。向他告別時，曾教授影印一份東晉六朝佛寺一覽表給我。

「鷄鳴寺現在是南京第二大寺院，」他指著表上的同泰寺：「大陸學者考證鷄鳴寺的前身就是梁武帝建的同泰寺，其實這只是傳說。」

他對梁武帝與菩提達摩論法不契機的公案也予以否認。

中國禪宗史上梁武帝會達摩的問答：

自己一生造寺佈施供養，有何功德？

得到的回答是：

無有功德。

兩人論法不契機，引起梁武帝不快，將他遣出梁地。菩提達摩一葦渡江，到嵩山面壁。

曾諦對這段公案不能苟同，且聽他大大有別於禪門的說法：

當年菩提達摩是直接航海到嵩山，而不是在廣州上岸，也沒有會梁武帝。達摩傳法慧可、道蘊二人，後因名聲太大，遭到嫉妒，被下毒而死。禪宗弟子流傳達摩隻履西歸也只是傳說而已。

他又說菩提達摩最初在中國傳法並不順利，原因出在空有之爭，鳩摩羅什翻譯龍樹論師的《大智度論》，主張一切法空無自性，而菩提達摩依據的四部《楞伽經》的內容卻是有佛性的如來藏……接下去又說了好些隋唐大乘佛法從諸法皆空轉化為空性到佛性的變化過程。

我對這些言論似懂非懂，只覺得他改寫禪宗史的說法頗為新鮮，後來才知道曾諦對佛教的許多看法經常出人意表，與傳統佛教圈習以為常的論說大異其趣。

2

朱濟出身寒門。先祖於東漢末年的黃巾之亂，干戈擾攘，田地荒蕪，無糧可食，只得被迫拋棄家園，遷徙流離。千辛萬苦到達一地，沒來得及喘息，又受當地土豪乘機欺凌，軍閥相互攻伐，戰火彌漫，只得再度四處逃難當流民，與家鄉愈距愈遠。詩中所描述的是最好的寫照：

「攜白首於山野，棄稚子於溝壑，顧故鄉而哀嘆，向阡陌而流涕。」

到了朱濟祖父這一代，輾轉棲身於洛陽陋巷，早已不知家族原籍，最早來自何處。

朱濟父親早逝，留下他與寡母孤苦相依。雖然寒窗苦讀，自恃頗有些才氣，卻生不逢時，又缺乏家世背景，在門閥觀念極重的社會，只能慨嘆自己有志難伸。

西晉沿用曹魏時代創立的「九品中正制度」，創始這個選舉制的用意是在謹慎選才，以矯漢末濫選之弊。

這個制度本意是用來品第人才優劣，不是用以品第門閥高卑的，所以制度初立時，並沒有把家世列為選才唯一的條件。起初中正品藻人才，還能依據鄉黨清議，但因被任命為中正的人物都是豪門仕族，逐漸有黨同伐異，擅以喜怒升降的情形出現。

西晉以後中正制度便轉變為強宗大族所把持，成為高門貴族鞏固政治權力的工具。權貴子弟依恃家庭地位、經濟勢力及社會關係，輕易獲取聲名，膺列上品，愚者因門高而得拔擢，賢者因第寒不得升遷，權門在這種制度下占盡上風。寒士的進身之階，則完全操在中正手中，缺乏與權門抗衡的力量，演變到最後，終於形成「上品無寒門，下品無世族」的局面。

世族秉承士庶天隔的原則，孤芳自賞，不與寒門為伍。他們在政治上有父祖餘蔭做為憑藉，可以「平流進取，坐至公卿」，因此賤視軍旅武事，多與戎旅隔絕。寒門庶族則投身軍旅，做為他們進身的階梯。

朱濟自覺與軍旅無緣。仕途難進，他轉而刻意作文，想以翰墨為勳績，以文章進身。當年曹丕重視文學，把詩文才氣納入選才的範圍內：

「蓋文章，經國之大業，不朽之盛事。年壽有時而盡，榮樂止乎其身，二者必至之常期，未若文章之無窮。」

身為皇帝，曹丕極人世之崇榮，卻依然感到帝王將相、富貴功名很快便是過眼雲煙，真正不朽可以留傳萬世的，只有優美華麗的文學。

遺憾的是朱濟其生也晚，沒能趕上正始詩賦欲麗的好時光。以詩文進身不成，朱濟平日練就的一手字體勁利的隸書，終於派上用場，使他成為專門代人抄書為業的經生。

隨著紙張普及，漸漸取代了用貴重的縑帛和竹簡來書寫。到了朱濟這一代，用紙書寫已經蔚然成風，由於紙張便於抄寫，文人著述不斷，為私家藏書提供了基礎，出現了不少專為收藏圖書而建的藏書樓，取了典雅的名稱，如「精廬」、「謝氏書倉」等等，有些藏書家還允許讀書人借閱。

由於書寫材料和工具的推廣利用，書籍可以大量的抄寫流傳，形式上還是因襲帛書，做成卷軸，最為人稱道左思的〈三都賦〉，豪貴之家爭相傳寫，使得洛陽為之紙貴。

朱濟抄書用的紙是經過黃蘗汁處理過的，黃蘗浸泡在水中，和煮過的汁液把紙染成黃色，一來為了美觀，二來也防蟲蛀，染過的紙還不易腐朽。他為一位藏書豐富的高門仕族抄錄經史圖書。五胡亂華，胡族入侵洛陽時，把他引以為豪的藏書樓焚毀了大半，他僱了幾十個經生重新抄寫戰火中搶救出來的殘存的五經百家，朱濟是其中一位抄書者。

為了逃避現實戰亂的悲慘恐怖，坊間神仙和志怪小說廣為流行，出自道家方士之手的神仙小說，大都是自神其教，鼓吹虛無升天尋仙，求仙得道的故事。志怪小說的作者則都是文士，他們搜奇獵異，神話傳說，民間傳聞異事無所不包，發揮想像力，以華麗的文辭，生動的形象描繪變化多端鬼怪靈異，或人鬼相戀的浪漫故事，自娛娛人，把讀者帶引到一個靈虛幻境，當作一種虛妄的精神寄託。

為了忘卻外面世界的紛擾廝殺，朱濟終日沉湎於侈談鬼神，稱道靈異的小說裡。

正值青春年少的他，讀了《清溪廟神》，小說句句寫情，婉轉清麗的文字，令他神馳不已：

清溪神姑耐不住廟裡的清寂，秋夜嘉月，為悵然思歸倚門唱曲的趙文韶哀怨歌聲所感，遣著青衣的婢女邀請酌酒相敘，神姑自解裙帶繫箜篌腰，唱：

「……丹草寸意，悉君未知……何意空相守，坐待繁霜露……」

歌畢，夜已深，遂相佇燕寢，竟四更，別去。

隔日趙文韶到清溪廟，看到神座上有他相贈的銀碗，起了疑心，屏風後箜篌帶縛如故，細看祠廟中的女姑神像、青衣婢都是昨晚所見。

趙文韶見之，氣絕身亡。

小說的結尾令朱濟嗒然若失。

卻有一篇關於離魂的有著美滿的結局：

石氏女偷窺來訪的同郡美男子龐阿，心悅之，以心相許，拘於禮教，畏於父母，不敢公開這份私情。情思難斷，靈魂出竅到龐阿家與他相聚，經妒心奇重的龐妻發現，將石氏女綑綁送回石家。半路石氏女化為煙氣而滅。石父被告此事，又驚又怒：

「我女都不出門，豈可毀謗如此？」

石氏女追求情愛如此痴迷，心馳神往，龐妻死後，她不必離魂就可和情人廝守了。

情節奇詭怪誕曲折的〈陽羨書生〉，反映了人們對超現實的幻想和嚮往：

識神奇異術的書生因腳疼躺臥在路邊樹下，從口中吐出珍饈美食，又吐出一個美女與他共飲作樂，女子因思念情夫，也吐出一個男子，那男子另有新歡，又吐出一女子。等書生醒覺後，將這幾個男女依次納入口中。

朱濟聽一位佛教徒說：這篇小說是根據佛經故事改編的。他注意到坊間開始流傳天竺傳來的佛經故事，文士喜歡新奇，用梵志吐壺故事蛻化為中土小說形式。那位佛教徒給朱濟看三國吳康僧會翻譯的佛經：

「佛陀《譬喻經》云：昔梵志作術，吐出一壺，中有女子與屏處作家室。梵志少息，女復作術，吐出一壺，中有男子，復與共臥。梵志覺，次第互吞之，拄杖而去。」

那人還給朱濟說了一個僧人入籠子的故事：僧人求寄鵝籠中，竟能在籠中與雙鵝並坐不驚，可見其神奇。

佛教故事不受時空觀和現實生活的約束，天馬行空，想像力非凡。聖典描述的上有三十三天，下有十八層地獄，恆沙積劫，無邊無際，它對抽象哲學的思辨，是過於入世、重視實際現實的儒學所欠缺的。佛教小說就宏廓宇宙觀的變轉幻化，產生新的意境，提供了前所未有的創作題材，比起來道家方士鼓吹升天成仙、肉身成仙的小說，就顯得太虛無縹緲不可足信了。

佛教宣揚人死業不死，強調因果報應，輪迴轉世，比方士宣揚長生不老高明。朱濟對佛教小說中的感應故事充滿了好奇與興趣：

> 如果信徒常年誦讀佛經，死後餘骸枯朽，唯舌多年不壞，汙損佛像，尿灑佛像頭上者得病，誦《觀世音救生經》，死囚臨刑時刀三折而不入……

朱濟也為高僧的神蹟所吸引，佛陀的大弟子與勞度叉鬥法：

> 勞度叉變作花果盛開的大樹，舍利弗喚起旋風吹拔樹根，勞度叉化為寶池，舍利弗變作白象把池水吸乾，勞度叉先後化作山、龍、牛，舍利弗便化為力士、金翅鳥、獅子王，把前者一一吃掉……

事母至孝的他，讀了睒子的故事感動不已：

> 迦夷國王入山打獵，誤射中正在修行的睒子，臨終前不忘雙目失明的父母無人奉養，感動了佛，得神藥死而後生，他的孝道被編入孝子圖。

生於亂世，朱濟感慨人民飽受災禍離散之苦，無數生命死於刀槍之下，無故慘遭荼毒，令他不禁尋思生命的意義。他在儒學經術中找不到答案，傳統儒家所宣揚的道德倫理，在亂世中無以經世致用，朱濟甚至懷疑自己當經生時，每日抄寫的四書五經有何用處？

藏書樓的主人不知什麼緣故觸犯了當朝的胡人君主，死於屠刀之下，豪宅被抄家，上萬卷圖書在一把火中灰飛煙滅，悉數盡毀。朱濟眼見顯赫一時的王公貴族，一夜之間變得一無所有，連生命都保不住。他佇立焚書的灰燼中，望著一寸寸緩緩墜落的落日，哀感人世滄桑生滅無常。

他開始到佛教寺廟法雲寺聽經，尋求寄託。

法雲寺是由月支僧人竺法護到洛陽宣譯梵本佛經時所建，建築風格仿照犍陀羅樣式，大殿供奉一丈六尺高的佛像。法雲寺信徒絡繹不絕，都和朱濟一樣，深受身家生命沒有保障的威脅，每天生活在恐懼中，無所適從，只有雙手合十跪倒在佛陀前，強忍現實中地獄般的苦難，把希望寄託於來世。

失去生計後，為了奉養老母，朱濟開始以為人抄寫佛經為業。從法雲寺請來一尊佛像，他每日對著佛像抄錄《金剛經》、《妙法蓮華經》、《維摩詰經》等。

託他抄經的居士都是虔誠的佛教徒，奉佛持齋，昆蟲草木都不忍傷害。他們相信佛像、佛經有靈神聖不可侵犯，佛像會現神光靈異，佛經可入火不燃，沾水不濕，持誦可降虎伏經，驅鬼消災，為人間解除危難。奉佛許願的信徒以聖典經書還願，希望借此功德超渡無明眾生，為地獄受苦的滅罪除惡。

請他抄經的信徒，跟他說了佛經的威神力：

一位母親虔誠信佛，兵荒馬亂中，兒子被匈奴擄去，母親每天誦《金剛經》在佛前祈求令兒子平安歸來。被困番邦的兒子最後得到兩匹馬，從偏僻小路遁歸。由於路途遙遠，馬因力竭而死，只好徒步夜行經過沙漠，雙足被荊棘刺傷，痛不能行，忽然一陣風起，不知從何處吹來一張經卷，他順手拾起，用經卷敷住足傷痛處，創傷竟然平息。

此時老母在家中，正欲取《金剛經》來誦，發現經卷上的紙破裂，有幾頁不見了。一直等到兒子回家，剝下裹傷的紙一看，正是失去的那幾頁經。

另一個故事是管鹽鐵兩稅的官吏，不聽妻子阻止，搭船押運貨物，結果遇上暴風，船盡覆沒，官吏落水，幸而抓住一束禾稈，於是乘藁抵岸才倖免於死。他抱著這束禾稈說：

「吾之餘生，爾所賜也！」

就背負著它尋路而歸，借宿河邊旅店。隔日解開禾稈晒乾，發現中間有一竹筒，劈開一看，赫然內有一卷《金剛經》，店中老婦對他說：

「這是你妻所誦的經。」

官吏不信。

回家後妻子告訴他：

「自從君去後，即請人書寫此經，每日持誦，但經已失去十日，因內有訛字，請一僧侶修正，是否此經一查即可證驗。」

打開竹筒內的經書一看，果然就是這本《金剛經》。官吏派人到河邊尋訪客店中的老婦，卻無處可覓。

朱濟受託抄錄一部《妙法蓮華經》，請他抄經的居士憂形於色，原來他父親生前喜用彈弓擊殺鳥獸取樂。不久前托夢給兒子，他在地獄受盡苦楚，每天牛頭獄卒將幾百個燒得赤紅像火的鐵彈塞入他腹中，令他慘痛難忍，他要兒子為他造一尊觀音像，抄一部《妙法蓮華經》為他消除生前所造的殺生之罪。

朱濟聽了為之悚然。以後持齋頂禮西方，抄經時聞到一股檀香味，悅耳的天樂從遠方飄來。

一晚持抄《金剛經》累了，趴在桌上睡著了，忽然看見兩個穿青衣的向他走來，手拿催命符將他帶到冥府。閻羅王呼喚他的名字嚴厲叱罵他：

「你的陽間壽命已盡，何以尚在人間遊蕩？」

突然他平日所抄的佛經一一現前。閻羅王這才語氣緩和下來。

「此人尚能知道培植德本，損壞他的五官，保全軀體即可。」

命令鬼卒挖他的眼睛放在殿柱上，目光炯炯。朱濟捂住自己的雙眼驚醒，知道是夢，還是許久不敢睜開眼。

本來每日抄寫佛經，受到感化，自行皈依三寶默守五戒，自以為修持淨業，不必出家苦修苦煉也可以成佛。沒想到無常示現，朱濟年邁的老母，有天一如往常起床，中午喝了半碗小米粥，抱怨胸口氣悶，上床躺下閉眼，就此不再醒來。

相依為命的老母猝然離世，他痛不欲生。人生是苦海，朱濟用毛筆在紙上寫一「苦」字，左手撫摸自己的五官：人面如苦字，廾為一雙眼眉，眼加鼻等於十，口是嘴巴。他夜夜盼望在夢中與母親相見，直至讀到一篇勸戒世人奉佛向善的小說，描寫因心痛而死的趙泰，死後十日復甦，口述遊十八層地獄，目睹下油鍋、睡刀山等慘厲的刑罰，趙泰看到他生前居官的祖父、兄弟為官不正，死後在陰間受苦，親人相見涕泣不已。

生時所造的罪孽，死後得到報應。朱濟又害怕夢見亡母，他很後悔沒讓母親生前皈依佛陀，保佑往生後不致墮三惡道。為了安自己的心，朱濟到法雲寺請和尚念經超渡亡母。

3

洛陽東城外，去城百里的覺泉山寺，創寺的依空和尚拜在道安大師座下出家，是位修行深湛的得道高僧。

他的一生充滿了傳奇，母親半夜夢見天竺僧人將鮮花撒了她一身，隔天起身便懷了孕。出生時空氣中異香瀰漫，白光普照室內久久不滅，家人都以為是吉兆。

小小年紀便能讀佛書，他對東漢末年將佛教視為異地方術，西域來的神僧以咒術祈雨治病的神通行跡特別著迷，但願自己能和安世高一樣，這位安息國的太子從小聰慧，能聽懂鳥語，有次在路上見一群燕子飛過，他便對侍從說：

「有人送飯來給我們吃了！」

侍從以為這小頑童說著玩玩，並不在意，但看到抬著食盒過來的宮女，不由得驚呼起來。

他也神往雲遊到赤城山的天竺異僧，僧人在石洞內誦經，十來隻老虎蹲伏在他面前聽經，其中一隻聽著睡著了，異僧拿起如意，拍在酣睡的老虎頭上：

「孽障！為何不聽經？」

老虎走了，又來一條十餘圍粗的蟒蛇，笨拙的蛇身繞來繞去。

第二天，山神便現出原形前來拜訪，讓出山來給僧人修行。

十幾歲時，他聽到了佛圖澄的神蹟。來自西域的佛圖澄，經過敦煌來到洛陽時，自稱已經一百多歲。他自幼出家，能記誦佛經數百萬言，是位十分博學的高僧。最吸引依空的是佛圖澄的廣大神通，能夠對著一個注滿清水的瓦缽燒香念咒，頃刻之間，缽中生出一株青蓮，光彩耀目，又能以麻油攪和胭脂塗於掌上，千里外的景象浮現掌中。

佛圖澄不僅神通廣大，也料事如神，各種預言全都靈驗。最神奇的是這位異國高僧腹部有一個小洞，平時以棉布堵塞，晚上讀經時，揭開棉塞，便有光從腹部發出，照亮滿室。每到齋戒的日子，天濛濛亮，他會蹲在一條小河旁，從腹洞中將五臟六腑拉出來清洗一番，腸子的穢物沖洗乾淨，然後才把這些器官收放回腹中。

打聽出佛圖澄駐錫鄴城的中寺，依空棄家潛逃，搭船前去投奔。

神僧已經一百多歲了，一雙眼睛還是和鷹鷂一樣銳利，雙手也依然靈巧。只是每次齋戒前清洗五臟六腑之後，他久久凝視著東去的流水，歷盡人世滄桑的他，似在感嘆人世間的血腥屠殺何以無有盡頭……

搭船渡河時，依空心急如焚，恨不得立刻飛到鄴城。他聽說有一個會法術的異僧將一支施過魔法的青竹杖放在船前，人坐著不動，整條船卻飛了起來，從山頂樹梢上飛掠而過。船中之人根本沒看到水，短短時間抵達目的地，船前的青竹杖消失不見了。

如果有那支青竹杖該有多好。

好容易到了鄴城，活了一百多歲的佛圖澄早已圓寂，依空輾轉投到佛圖澄弟子道安門下，師徒乍一相見，便如同故舊。

依空隨著僧團上山棲息，深山老林中食松子山果裹腹、飲山泉解渴，出沒於岩穴山岫之間，漫步林邊溪畔，日夜苦讀佛經苦參禪法。

鄴城為前燕所占，道安便率領眾僧渡過黃河來到襄陽，受到官家巨富的贊助，建了檀溪寺。

苻堅逐漸統一北方後，想到西域有鳩摩羅什，襄陽有道安，應當找他們來輔佐，於是派兵圍攻襄陽。道安見刀兵將至，便分張徒眾又一次遷徙，依空率領一群僧眾拜別師父，裹糧東行走了半年，最後來到距離洛陽城百里的山村，村莊經過數十年不斷的殺戮，人口稀少不滿百戶。依空領眾僧搭棚落戶，村落為冤魂鬼怪所盤據，每到半夜便聽到推門呼喚聲，出去看時卻沒有人，眾僧也屢做怪夢，常有人在夢中狂呼亂叫如遭酷刑。

依空燒香咒願：

「汝等宿緣在此，我擬在山頭擇地造一佛寺，行道禮懺超渡汝等，令汝早日解脫。汝等若欲長住不走，就請做護法善神，若不住，各找各的去處安居吧！」

當晚僧俗十幾人夢見鬼神無數挑著擔子離去。眾人從此才得安寧。

依空和尚看中山上峰巒挺秀，青杉翠竹環抱，溪水迴流，掬水飲之香甜異常，決定梵寺依山而建，以覺泉為寺名。師徒在山上掘石翻土，忽然狂風大作，電閃雷鳴，樹木摧折，一塊大岩石滾落阻擋去路，和尚知道是山中神明作怪，便暗誦密咒，發誓弘揚佛法，祈請山神相助，相贈一袈裟之地建寺。山神以為區區一小塊地便滿口應允，不料依空和尚脫下袈裟往空中盡力一抖，一道金光閃過，大片山林盡罩於袈裟之內。

和尚的行跡一經傳揚，村民連袂上山供養，依空向他們宣揚佛法，闡述因果報應，輪迴來生轉世之說。

覺泉寺落成不出幾年，聞依空和尚之名雲集座下絡繹不絕，不願做亂兵刀下鬼的、或逃避賦役上山落髮出家的亦不在少數。

當朱濟聽說洛陽城內備受崇敬的一位高僧，本來是個胡商，以遊賈為業，往來於吳蜀之間，江海上下集積珠寶，後來遇到一個機緣，聽天竺來的法師說法，當下沉寶江中，出家離著。

現實中找不到一絲慰藉，朱濟把目光轉向來生彼岸，萌生拋棄塵緣，剃度為僧以求解脫的念頭。他嚮往《華嚴經》上所描述的清淨地：

海上有山多聖賢　眾寶所成極清淨
華果樹林皆偏滿　泉流池沼悉具足

朱濟出家時，覺泉寺早已是一座院落重重、香火鼎盛的大伽藍了。

穿過山門，沿著一條深幽秀絕的長路，環湖而行，湖水碧藍清澈，深不可測，似是漫長延伸無盡的山路，終於來到了盡頭，視野豁然開朗，巒峰疊翠，四面環拱，好一片深山密林！

朱濟爬坡走進一片連綿不斷的竹林，空氣似乎也變成透明的綠色。來到山腰幽險之處，忽然聽到了鐘鼓齊鳴聲。尋聲登陟又走了半晌，朱濟抬頭一看，竹林深處掩映著一座寺院，依山而建的殿閣巍峩宏麗，樓台盤桓交錯，鐘鼓梵唄連檐接響，繚繞迴廊飛簷斗拱。

穿過「覺泉寺」金字匾額，朱濟被帶到佛殿旁的僧房安單，與其他沙彌共住。

好長一段時間，他以為是置身仙境。山上瑞氣盤旋，晴天時，浮雲一縷縷飄過，恍如一伸手，就可抓一把在手。從地上冉冉上升的白霧，令他舉手投足之間，有若騰雲駕霧，飄飄欲仙。

朱濟出家時，創寺的依空和尚早已圓寂多時，門徒在寺院的中軸上建了一座八角形的磚塔，供奉開山祖師的舍利，塔頂正中有半圓形覆缽，印度式的傘蓋，垂有三十重金露盤，塔身是中國式的樓閣形式，周圍以重層迴廊圍起，舍利塔四周古木參天，朱濟站在一株老幹斑駁的古銀杏樹下，雙手合十恭聽寺中長老敘述依空祖師生前種種神妙事跡：

當年道安大師在襄陽分張徒眾，依空師祖率領眾僧另覓道場。途中擔心佛經被盜賊所竊，夜晚睡在石板上，將頭枕在經書上，一連三個晚上都被拉下石板，醒來時卻空無一人，正疑惑不解，忽然聽見空中有聲音：

「這都是如來佛祖解脫苦難的經典，怎麼能枕在頭下呢？」

師祖當下慚愧不已。趕忙將佛書放在高處，強盜來盜經書，幾次提經都提掇不動，天亮後偷兒看見他不費力氣把經書提起，知道遇見聖人，趕忙上前謝罪。

一直到找到地建寺，師徒才停止竹杖芒鞋餐風露宿的行腳，山上溪流冬天枯水，師祖施行神通法力，讓手指流出清香潔淨的水供他洗漱，天寒地凍，他不知從哪裡摘來這世間所沒有的鮮花供佛。

受比丘戒後，朱濟披上袈裟，法名寂生。

寂生相信得道高僧都有神通力，不要說開山師祖，就連寺中上座永曜大師父的一些行跡也頗為不可思議：大師父年事已高，早已不再手持錫杖四處雲遊了，為了清淨，他在山寺外另設了一個禪室打坐，禪室距離大殿有幾里路，但每次早晚課一擊磬，大師父定能準時到達。寂生也觀察到大師父在雨中走路，渾身不濕，踩在泥濘裡僧袍毫無沾染。

每天清晨，一定有幾隻雀鳥飛到大師父手中啄食，他睜著年事雖高依然燦然射人的目光，望向茫茫的天際，大師父神情若有所思，他看到了什麼？

4

從潮州開元寺捐瓦當開始，我命中註定與瓦當脫不了干係。

陪著逢廟必拜的母親到潮州的開元寺朝聖。先前我只知泉州有開元寺，那株傳說中佛菩薩為了建寺而顯神蹟，桑樹開蓮花，而且千年猶冒新枝的古樹令我覺得不可思議，沒料到粵東偏僻的潮州，也有座唐玄宗敕建的同名古剎。旅遊書上還介紹這座開元寺唐以後重修，至今保留宋代修復時的大佛殿樣式，與日本奈良的東大寺如出一轍，這種大佛樣風格還是宋代明州的建築師帶到日本的。

遊行這座粵東第一古剎，在大雄寶殿、玉佛樓、藏經閣的院落間尋找牡丹花的蹤跡，我們來得正是季節，古代詩人曾有但見潮州開元寺牡丹盛開，「錯認潮陽是洛陽」的詩句。

沒找到牡丹，來到偏殿的廂廊，陰暗的牆角堆砌著一落落紅色瓦當，我看到貼在牆上的一張告示：天王殿屋頂漏水，善男信女捐贈瓦當修復功德無量云云。我想到大殿拜佛的母親，在功德簿上捐了一筆人民幣，讓執事者拿毛筆在一排瓦當寫下供養者母親的名字。

我告訴一位研究中國古代藝術史的朋友，我申請到一筆獎學金，將到南京對東晉出土的蓮花紋瓦當進行田野踏查，可能當作我的論文題目。藝術史朋友聽了大搖其頭，沒想到我對中國文化的認識竟然如此淺陋無知。

「李商隱的詩句：咸陽宮闕郁嵯峨，六國樓台豔綺羅。」他說研究瓦當，應該以自古長安帝王都的西安為首：「從周朝開始，有十一個王朝都在那裡建都，秦漢宮苑陵殿等偉大建築，都集中在長安。」

他給我看一本《中國瓦當藝術》的拓片。

「秦漢的瓦當富麗輝煌，光彩奪目，可以說是瓦當藝術史的全盛時期。秦始皇陵出土這件最大的瓦當，我看過原件，夔龍組成的圖案，看起來很雄奇又神祕，力度動勢風捲流雲！」

他指著一幅漢代雲朵舒捲的拓片，讚嘆古人屋頂上的瓦當造型如此精妙。

「妳看仔細，雲朵的線條是立體突出的，工匠製作時先用手捏塑，再用刀子削成的，皇陵京殿專用的瓦當，在屋頂上連看都看不到，還這麼講究！」

翻看這本瓦當拓片書，發現一幅圓圈內赫然是一個「空」字。

「我是想從南京出土的東晉蓮花紋瓦當，探究它和佛教的關係……」

「東晉的蓮花紋，不也太晚了！」藝術史朋友批評我孤陋寡聞：「考古學家早在阿房宮的遺址發現了蓮花紋瓦當，地點就在鳳翔。」

我拿剛讀到的知識反駁他：

「不錯，秦代瓦當有用蓮花紋裝飾的，那是和中國古代的觀念：蓮花可勝火有關，木構建築最怕火災，秦漢流行的雲紋也與水有關，」我又一次強調：「我要研究從南京出土的東晉蓮花紋瓦當，來看佛教在江南的傳播。秦漢瓦當蓮紋與宗教無關。」

他對我的解釋聽而不聞。

「大陸的藝術史家很感性，把建築比喻為凝固了的音樂，瓦當，椽頭上的瓦當組成一串串珠鏈，等於是樂曲中不可缺少的音符。」他說。

我與瓦當有緣。偶然在圖書館一本過期的《考古》期刊上看到一篇文章：〈南京鍾山壇類建築遺存〉，南京大學考古教授本來在鍾山勘探明東陵寢園遺址，文物局告知山半腰有古代建築遺跡，經過探察發現掩伏於荊棘和青藤的高大石牆，撥開密林中覆蓋的落葉，赫然是一塊印著繩紋的六朝斷磚。經過挖掘清理後，專家根據沉重的大石塊砌成高低錯落重疊的壇層，斷定是一處祭壇遺存，年代為東晉到南朝早期，後來確定為劉宋北郊壇遺存。

這座祭祀天地的壇類建築，是至今中國出土最早的北郊壇遺址，發現後轟動海內外考古界。附在文章後的圖片，一件灰陶瓦當的蓮花紋飾吸引了我的視線，另外一對專家斷定為應該是插置神主座台上的石雕器物，也浮雕蓮花紋，中國古代傳統禮制的祭天儀式中，何以會出現佛教象徵的蓮花紋？佛教思想在東晉六朝時期的傳播，究竟是怎麼一回事？

把玩浸在水中的一塊雨花石，我尋思著。這枚雨花石形狀像鵝卵，玲瓏可愛，在水中花紋更是光彩奪目，我想到南京的雨花石山，傳說本來只是一座布滿礫石的小山崗，六朝梁代高僧雲光和尚在這裡講經傳佛，與天神有了感應，從天上落雨如花，就是雨花石的由來。

多麼美麗的傳說，我想到南京去。

5

寂生跟隨了悟禪師修止觀，安定躁動不安的心。

禪師出家的因緣頗為奇特。五胡亂華，胡人入侵中原時，才幾歲大的他和父母逃難時失散。

「大師父在荒野路旁發現他，一見師父，拉住他的僧袍角不放，跪在路旁要求度他出家。」

目擊的法師追憶：

「小手合掌虔虔誠誠的在泥地上拜了三拜，說他在等師父到來，十歲都不到……」

了悟禪師面形消瘦，顴骨高聳，長得很像畫像中的天竺梵僧。他個性喜靜，內向寡言，平日寺中和尚相聚論道，只有他常是默然，終日閉目結跏趺坐，一心參禪。

禪坐是修行的基礎，他向寂生開示：打坐是為煉心減少妄念，使修行者認知自己平常行為、觀念的偏差，與貪、嗔、痴相應，因無明才起了煩惱，而煩惱的心蒙蔽了人人本具的智慧心。了悟禪師要寂生靠打坐來調伏妄念，使渾沌不覺的心甦醒過來。

「隨時照顧自己的身心，不被外境、妄想所干擾，身體在哪裡，心就在那裡，身體在做什麼，心就在做什麼，身心不可分離。」他教寂生：「清楚整個身體的感覺，借境觀心，朗朗觀照世間周遭，但心不散亂，不可讓它放逸有如脫韁野馬。」

了悟禪師教他《安般守意經》的止觀法門：

「這是漢地最早翻譯的佛經，譯者安息國的安世高，」禪師告訴寂生：「就是覺泉寺的開山始祖依空大師小時候崇拜的，那位懂鳥語的太子，他精通天文地理醫術，觀察人的面色，就知道病情。父王的去世使安世高感到世間的無常、苦，服完父喪後，把王位讓給叔父，出家修道。」

安世高精通漢文，漢桓帝即位之初，來到長安之前曾遊歷西域，從事佛經翻譯，過程的艱辛自不待言。

修安般的六行，亦即數、相隨、止、觀、還、淨。

首先數算氣息，繼數息之後，就是隨著氣息出入而令心不散亂，由於行隨而消滅垢濁，使心漸趨清淨。是為初禪。

進入第二禪，進而注意力從集中在鼻孔，是為止，收攝任意向外攀緣的妄心，把六根（眼、耳、鼻、舌、身、意）從六塵（色、聲、香、味、觸、法）收攝回來，使五蘊不為外境所誘惑，由行止可滅貪、嗔、痴三毒煩惱及汙濁，心即如明月，也恰如鏡面的塵土消除，鏡面即得清淨，達於寂然狀態，是為第三禪。

接下來觀察自己的身體，從而盡出肉體的汙露，得知如見膿涕，更進一步了知世間事物盛必有衰，存在必歸滅亡。這是第四禪。再能進而攝心滅諸蘊，而歸於「還」，滅盡汙穢的欲望，使心臻於無想的狀態，稱之為「淨」。

了悟禪師表示若能完成安般修行，其心當如明鏡，再幽微的事物均能徹見。甚至在時間上，往昔無數劫的來去人物，現在的均可自由自在，直視無疑。

寂生盤腿靜坐蒲團煉心習定，一開始他簡直被自己過分活躍，輪替閃現不止的念頭給嚇住了。心念忽起忽落，散亂雜蕪，他控制不了自己的心，調伏不了狂亂不歇的心。寂生自覺業障深重，心無法得定。寺中有修行的法師們鼓勵他不要放棄。他們語帶神祕的告訴他：

「修到四禪定，心一片明朗清淨，可照見宇宙萬物，會有通靈、超感官知覺的能力，達到他心通、宿命通、天眼通的境界。」

受到激勵，寂生坐回蒲團。一步步向深處的內在觀照，心漸漸地安靜下來，心一安靜，愈能體會念頭的無常變動：「我」不過是前念與後念一群念頭串聯而成而已，念頭無時無刻不在變化轉換中，只是他平常心太粗，無法察覺到正在興起的前念，而只注意到剛剛消失的後念，所以總以為自己的心念沒有在變。「我」只不過是念頭不斷變化的過程。

默然靜坐進行內心觀照，寂生偶爾也能達到一種輕安的狀態，他將自己留駐其間，身心感到無比的輕鬆。清清楚楚知道一切外在事物的存在，內心卻是寂寂靜靜。

寂生以為他會繼續住在覺泉寺，天明月淨齋中靜坐，直到學得四禪寂定。了悟禪師形容得到最深定境的佛陀：

「一抬腳世界都會震動，一揮手就可以執持日月，吹氣使鐵圍山飛起，微輕的噓氣，使須彌山飛翔……」

尚未學得進入時空無限的清涼之感，寂生就必須離開覺泉寺了。

五胡亂華，北方的胡族入主中原，出於草原落後民族的自卑心理，他們都具有「自古無胡人為天子者」的觀念，亟需製造一種理論根據來支持他們的政權，對於來自天竺的佛教有一種認同的親切感，又相信佛法具有神通變幻的法術，可做為外國神來崇奉，於是大力弘揚。

後趙的君主石虎便稱「佛是戎神，正所應奉」，他與父親石勒出身北方遊牧民族，一向驃悍，素重武術，更相信各種神奇法術和預言。他們初見西域來的高僧佛圖澄劈頭就問：

請問法師，佛法有何靈驗？

佛圖澄深知像石勒這等亂世梟雄，無法曉以深理，只能以神通方術來取得他對佛法的信賴，於是展現種種神異令石勒折服，尊稱他為大和尚，備加禮遇。佛圖澄借機向這史上少有殘暴濫殺的暴君闡述善惡因果報應，佈施得福，生死輪迴的觀念，使生性暴戾的他，因疑懼而生懺悔之心。佛圖澄接著宣揚佛陀的慈悲，勸化石勒父子戒殺生靈，他深知如果要深入佛法的究竟實相，不能只靠道術神通。

佛圖澄引用佛經云：「若要建立正法，則應親近國王，得其支持。」這句話影響了他的弟子道安一生的弘法風格，他依靠前秦苻堅等君王傳播佛教，上行下效，崇佛之風由此殷盛。

佛教在北方順利風行，僅洛陽一地就有寺廟無數，在南方的傳揚卻要艱辛得多。

西晉永嘉之亂以前，北方士族名流崇尚清談玄學，並無深厚的佛教信仰，只在辯談中採取佛教經義哲理做為談助，一等胡族作亂，玄學隨著門閥士族南遷，佛教漸漸取得發展的機會。

江南清談玄學之風盛行，名士對儒家救世之道早有懷疑，他們發現天竺傳來的佛教般若學思想，不僅能提供一種與魏晉玄學相類似的精神境界，還可以彌補玄學的許多不足處，進而提出新的見解，使自己的理論得到般若學的支援。於是把名僧延為上賓，支道林、竺法護、白法祖、法乘、竺道潛、于法蘭、于道邃七高僧被稱為七賢，與嵇康、阮籍、向秀、山濤、劉伶、阮咸、王戎等竹林七賢比美。

覺泉寺的上座永曜和尚，晨間讓雀鳥在他手掌中啄食，眼光望向渺渺的南邊，他似乎看到了什麼。南朝依江阻險，割據一方，早已不再是司馬遷《史記》所形容「地廣人稀，無積聚而多貧」的荒涼景象，早已變成「膏腴上地畝值重金，絲綿布帛之饒，富衣天下」。

彼地多君子，好尚風流，可傳揚佛理。

永曜和尚自語。

南方傳揚的般若學受到老莊玄學的影響，發展過程中產生了許多不同的派別，各自詮釋，竟然有六家七宗之說。

最先立「心無派」的支愍度，早於道安，在西晉時已經是位有影響的僧侶，永曜和尚極佩服他的博學。支愍度南下東晉之前，與幾位名僧商量到江南後如何講般若？他擔心：

「用舊義往江東，恐不辨得食。」

原來講般若的目的只是為了餬口，博得清談名士的欣賞，可以不惜隨意主張，自由發揮。為了適應江東的玄學潮流，支愍度到了南方大講「心無說」的主張：

「無心於萬物，萬物未嘗無。」

外在的事物都是實際存在的，不能說它無，只要主觀上心如太虛，不滯於外色，無心於萬物，內止於心，不空外色，就符合般若學的空觀理論。「心無派」的重點在於否定內在的精神現象，但肯定了外在的物質。

佛門弟子居然有像支愍度這樣，把般若法當兒戲隨便立宗，更令永曜和尚嘆息的是他此舉還得到其他僧人的贊同：

「治此計權救饑爾，無謂遂負如來也。」

佛法隨外緣變化，有盛有衰，不足為奇，盛衰是外在的，永曜和尚堅信佛理應該是清淨永恆的。他自知世緣將盡，已經沒有體力渡江南下駁斥支愍度的邪說。覺泉寺承續道安大師的傳承，他的師父依空當年在襄陽時，每年兩次聆聽道安大師講《放光般若經》，他以為般若法性常靜至極，無為無著，悠然無寄，要達到這樣一種境界，必須泯滅主觀認識功能，使心的作用不起，主客觀作用都泯滅，留下一片空寂的無所有，這就是法之真際，也是佛教的最高精神境界。

因其以「無」為「本」故稱「本無」，道安大師的本無派才是佛法的正宗。支愍度的心無宗正好與之對立。

永曜和尚已先後派遣弟子南下與支愍度的門人辯論，派去的個個都是精通佛法經論，有戒臘修行的法師，個個道貌岸然，威儀俱足。永曜和尚最近才聽說南方清談之士注重外形神采，以貌取人，喜歡風神爽邁之士，他看寂生長相清俊，口才便給，而且寫得一手好字，談起書法大家王羲之父子如何從漢隸轉變為楷書，改章草為行草獨闢晉人法度，說起來頭頭是道，雖然出家不久，心性尚未完全穩定，但由他前去輔助已經在建康京城的法師，周旋於清談名士之間，於玄言之外加上佛語，借機宣揚道安大師的心法，也未嘗不可。

南方的東晉借淝水一戰保住半壁江山，呈現一派安定繁榮景象，最近更是大興土木，廣造浮屠，寺廟林立，應當是宣揚佛法最好的時機。

永曜和尚心願已了。

一個月圓之日，有一異僧到覺泉寺掛單，被看到從窗縫中出入，永曜和尚便知道並非常人。

「敢問上人，貧僧來生住在何處？」

「隨我來。」

永曜和尚隨他來到院中，異僧朝西北方向虛撥一下，便見雲彩散開，兜率天妙境盡在眼前，一轉身，異僧忽然不見了。

齋戒完畢，永曜和尚無疾而終，追隨道安大師離開這充滿戰亂痛苦的人世間。

離開覺泉寺前，寂生向了悟禪師辭行。

「你我緣分已盡，日後你自有去處，我們就此分別，不用悲傷。」

下山後，禪師要他謹記：

勿戀六塵，六塵不戀，還同正覺。迷生寂亂，夢幻空花，何勞把捉。

謹記禪師贈言，寂生臨別依依地向靜靜躺著的大湖告別，靛藍色的湖水，一如三年前他來時的寧靜，水面如鏡，無一纖塵，正如禪師所說開悟後清明無染的心。

佇立湖邊，寂生最後一次欣賞覺泉寺的日出：

先是紅暈烘染林子，一片輝煌，遠處的山整個沉浸在寶石般的紫藍裡，漸漸地，愈來愈亮的金色天光，稀釋了樹林間的酡紅，那神祕的紫色山巒也漸漸淡了，天空的蔚藍加深，呈現眼前的是一個亮麗的晴天。

什麼是古佛真正的心？

山河大地。

寂生輕嘆了一聲，走出山門。

撫摸著剃得頭皮發青的光頭，他有點疑惑，沒想到有這麼一天，他會加入遊學的行列。

削髮剃度為僧之前，他最大的想望就是能夠離開陋巷到四方遊學，拜在一位他所景仰的名師門下學習經史子集，最好隨著良師造訪藏書豐富的高門士族之家，廣覽披閱不輕易看到的經典古籍。他聽說以詩文著稱的曹操三父子，修築一座石窟收藏自己的圖書，名為「曹氏書倉」，其他名門也修築藏書樓，規模大過他從前抄書的那家不知多少倍，有一家名為「精廬」的據說藏書數以萬計。寂生但願有幸托於名門，恣意披覽，有天深造有術，說不定還可自立師門。

然而，兩漢以來經學固守師法、家法的自閉傳統，不容許習儒業的學子四出交遊拜師，一直等到佛教傳入中土，沙門僧人遊方鄉邑傳揚佛法的風氣，這才動搖了孤陋擁經的儒家。

只是他早已不是希望負笈追師研習四書的儒生。身披袈裟的他，是一個乞食的行腳遊方僧侶。渡江南下建康，周旋於清談名士之中傳揚佛理並非他所願，其實寂生希望走得更遠，前去西竺取經。

佛僧西行求法廣遊西土，已經慢慢形成一股熱潮，有的孤身前去，也有三五成群結志西遊。

歷史上第一位往西域求法的朱士行，是漢人第一個正式出家受戒的和尚，寂生以這位本家為榮。朱士行研究佛教經典《般若經》，這是曹魏時寺院中廣傳的一部經典，此經譯者只將梵文轉音，不加文飾，難以理解經文的義旨。

朱士行曾在洛陽講此經，感於義理不能通達，而每每嘆息說：

「此經雖係大乘佛法重要之教，但未經充分翻譯，意義亦未十分通達，誠屬可惜！」

朱士行發願到西域尋找《般若經》原本，從長安西行輾轉跋涉，經過河西走廊而至敦煌，又越過唯有死人枯骨的沙漠，靠著太陽辨別方向，渡流沙千辛萬苦抵達西域佛教重金鎮的于闐。尋覓多時，終於獲得《放光般若經》梵書胡本九十章六十餘萬言。

寂生讚嘆朱士行求法不屈不撓的意志與決心，但願自己是他的轉世。

6

我在南京大學附近住了下來，租的小房間朝北有一扇窗，搬來的那天，探頭望向窗外，看到左鄰小小的天井，滿地枯朽的敗葉，竹籬笆乾枯的爬藤襤褸地垂掛，一片荒煙蔓草，像是沒人住廢棄的小院。

南京正值江南鶯飛草長的暮春，史書上記載東晉時一種「鬥草」的娛樂：五月五日暮春時節，一家人到郊外採草藥，互相比較採集的藥種，以認識植物種類的多少來分勝負。婦女們別出心裁，良辰佳節，不限於採藥草，而是「折花競鮮彩」，春天郊外，貴族仕女華服瑲珮，在野地採花，該是何等的風光勝景！

如今南京街上觸目盡是梧桐。晉室南遷後，建康城內遍植柳樹和槐樹，以飄逸多姿的柳樹象徵曠達風流的名士，槐樹則是對西晉故國山河先人的懷念。

我走在梧桐成蔭的南京街上，想像不到古城柳枝輕拂的風情，倒是想見識一下南京的辛夷花。照片上看過花形像玉蘭，漂亮的紫色，花季時盛開，燦爛得不可收拾，本地人還說這花還可當藥，治風寒鼻炎頭痛。

我讀過一篇古畫鑑定的文章，作者憑畫中的辛夷花來斷定是一幅五代南方的作品，辛夷花只開在江南，依據花樹來鑑定古畫，我覺得很有意思。多麼希望寄居的鄰家小院也種辛夷花樹，來春時盛開，為雜草亂竄的園子平添生氣。

可惜不能如願。只好用鮮花來妝點自己的小房間，從市場抱回一大束鮮花，插在空的牛奶瓶，放在窗口，小房間立刻顯得生氣盎然。繁花似錦，璀璨的光景維持不了幾天，花謝了，花瓣落了滿地，慘不忍睹，留在枝上的殘花枯敗殘陋，繁華落盡，什麼都會過去的，我扶著頭，眼前浮起一個畫面：

義大利電影《佛祖傳》的一個鏡頭；宮廷中通宵達旦的狂歡宴會，希達多太子在晨曦中眼見滿室的狼藉，貴族仕女臉上花粉盡褪，齜牙咧嘴東倒西歪不雅的睡姿，昨晚衣香鬢影，她們搔首弄姿，何等矯揉作態！

希達多太子離開縱情聲色的皇宮，騎上白馬出城……

我是為離開而離開。如果不是南京，就會是另一個都市。

記得一部電影，也會唱歌的美國女星雪兒，飾演一個任性放浪的單親媽媽，住膩了一個城市，想搬離，如何決定下一個去處？她拿出一張地圖，閉上眼睛，手中的色筆隨便落到地圖的某一個點上：

「好，我們就搬到這一州！」

色筆打了個圈，跟她的小孩說。

我也聽過南傳佛教雲遊的托缽僧人，終生在外遊化，居無定所，離開昨夜掛單的寺院，走出寺門，都沒打算下一步往哪裡走，來到村路十字路口，才決定往左或往右轉。

毫無牽掛的人生！

陶翻臉無情，決然棄我而去，為了逃離傷心之地，我申請到台灣某個集團與南京大學合作成立的獎學金，到了南京。

離開那四面環海的海島，踏上內陸堅實的土地，站在南京市最熱鬧的新街口，我目光游離，找尋吸引我視線的焦點。

我為了離開陶而到南京來，卻感覺到他跟我一起來到南京。路邊的梧桐使我想起陶的祖父曾經告訴過他；當年國民政府建都南京，有一個美國建築師提出一項「首都計畫」，預備把南京建設成足以比美歐美的名城，美國建築師建議保留現存的南京古城，在古城外建立中國的新首都。

一九二九年的「首都計畫」沒能實現。蔣介石拆除了南京神策門至太平門城牆的一段，用城磚來助建中央陸軍軍官學校的講堂。

我對陶的身世所知不多，只聽說他的祖父曾在國民政府擔任過一個小職位，大陸變色後帶著他父親到台灣，在南部的眷村落戶。他父親一生不得志，陶從小守著日日醉得不省人事的他，嘗盡人間冷暖，在屏東一所五專勉強混畢業。

思念他思念到不行時，我想借著觀光這城市的景點，把無時無刻盤據在腦中的陶的影像驅逐出去，不去想他。

去南京大屠殺紀念館，雲錦路下車，隔著馬路，遠遠看到館外的祭奠廣場矗立的受難者雕像，我提不起勇氣走近。陶的祖父的鄰居是郵差，日本人命令他背負過重的郵包，那人不支跌倒在地，引來日本軍人圍觀，個個拔出刺刀刺這可憐人取樂，屍體被發現一共有六十幾處刀傷。

從一九三七年十二月十三日開始，三十幾萬南京人在日軍長達六星期的屠殺喪命，被發現的萬人坑白骨一排排挨著，受難者是站著犧牲，他們在日軍的刺刀逼迫下，挖一個個大坑，機關槍掃射下，坑裡的南京人無一倖免。

「連死了也不能躺下來死！」

陶的祖父命大，逃了出來。

屠城開始，他祖父為了逃生，把人家商店的門板硬拆下來，用作木筏搶渡長江，僥倖逃到江北。

「南京人用門板、長板凳、木頭澡盆……只要能漂浮水面的，都當作船逃生，死命的划……」

很想去爬中山陵三九二級的石階，瞻仰國父的遺體。然而，我是為了忘記陶而來，任何與國民政府、與他的身世有關的景物，我都想避開。

來到天王府，當年太平天國洪秀全的府邸遺址，光看導覽書上的照片，古色古香的建築，應該與國民政府扯不上干係，安心地踏入象徵天京。宮垣九重的外城太陽城，被那宏偉的氣勢所懾，走進內城金龍城，五間架中心主體建築更是宏麗壯觀。

辛亥革命後，孫中山先生就是在這裡宣誓就任臨時大總統。

國民政府的陰魂不散，在南京無所不在。金龍城二殿、三殿後的林苑石舫曲橋，十足江南風味的庭園，以水景取勝的西花園附近，是「中國近代史遺址博物館」，這棟建築讓我覺得眼熟，似曾相見。我記起來了，是當年國民政府的總統府，我在教科書上看過，屋頂插著青天白日滿地紅的國旗，現在那國旗當然不見了，變成了博物館。

在外面徘徊，不想進去參觀，下午的陽光照亮了走廊，一扇扇窗戶後的會議室，長桌隱約可見，那會是出現在國民黨史書上的照片，蔣介石主持過多少重要會議密談的長長會議室？

禁不住好奇，我還是進去了，陽光照亮了木質地板的紋路，顯得很美。我舉起相機想拍下來，卻是背光，鏡頭一片黑暗，我感到背脊一冷，打了個寒顫。人去樓空，會議室門扉旁的衣帽架空空的，看起來很是孤單！

南京真是一個悲劇的城市。它曾經是十朝故都，明朝末年，福王的軍隊在這裡戰敗，明朝滅亡。太平天國在這裡建都，改名天京，也不過短短幾年便煙消雲散。我想不透當年中華民國成立，孫中山先生為什麼會選在洪秀全的天王府宣誓當臨時大總統？以後這裡還成為國民政府所在地，一開始就註定要失敗，果不其然，蔣介石把它當總統府才一年就被共產黨趕到台灣。

中共推崇洪秀全、楊秀清的農民起義，上海還有一個太平天國烈士墓，紀念死於英法聯軍洋槍下的太平軍，這與台灣教科書上讀到的何其不同。

7

魏晉南北朝時期，聲妓燕樂空前發展。

三國以來，戰火連綿不絕，政權更換不迭，中原時局板蕩，干戈不息，儒家道德倫常崩潰，人心浮動不安，生命與財產朝不保夕，苦於亂世的人們深受《列子》中的楊朱之說的影響：

……萬物所異者生也，所同者死也。生則賢愚貴賤，是所異也。死則臭腐消滅，是所同也。十年亦死，百年亦死。仁聖亦死，凶愚亦死。生則堯舜，死則腐骨，生則桀紂，死則腐骨。腐骨一也，孰知其異？且趣當生，奚皇死後？

既然人命危脆，皆有一死，死後是非泯滅，何不在世時盡情享受，及時行樂，於是厭世頹廢之風盛行，豪門貴族之間侈靡相競成風，爭相追逐聲色，沉湎於酒色歌舞，盡日歡愉，造成聲妓燕樂空前發展，有記載為證：

魏高陽王擁第宅匹於帝宮，僮僕六千，妓女五百，隨珠照日，羅衣從風……

《魏書・咸陽王禧傳》：性奢侈，貪淫財色，姬妾數十意尚不已，衣被錦綺，車乘鮮麗……

《晉書・陶侃傳》：媵妾數十，家僮千餘，奇巧寶貨，富於天府。

《樂史・綠珠傳》：石崇有妓妾美人千餘，綠珠為之魁，終因孫秀之索，以致綠珠墜樓，而崇棄東市……

《梁書・魚弘傳》：嘗語人曰，歷竟陵太守，所謂四盡，水中魚蝦盡、山中麋鹿盡、田中米糧盡、村里民庶盡。於是恣意酣賞，侍妾百餘人，不勝金翠，服玩車馬皆窮一時之絕……

《宋書・范曄傳》：家樂器服玩，並皆珍麗，妓妾亦盛飾，母止住單巷，唯有一廚，子弟冬無被，叔父單布衣。

《南史・徐君倩傳》……頗好聲色，侍妾數十，皆佩金翠，曳羅綺，服玩悉以金銀……有時載妓肆志遊行，荊楚山川靡不畢踐。

《宋書・沈慶之傳傳》：妓妾數十人，競美容工藝，慶之優遊無事，盡日歡愉，非朝賀不出門。

宋阮佃夫妓女數十……每製一衣，造一物，京邑莫不法效。

梁夏侯後房妓妾，曳羅綺飾金翠者亦有百數。

嫣紅出身仕宦門閥之家，祖父因黨派間互相傾軋，被一有私怨的仇家告發，聲稱有叛變造反之舉。祖父被判謀逆之罪賜死，一夜之間家破人亡，母親與姊妹以叛亂者家屬打入別冊，入官婢樂籍為樂戶，嫣紅輾轉被賣到魏陽公府中當家妓。

魏陽公亦為晉室官吏，胡人入侵後，他不願拋棄豪華的府邸庭園，也因門第稍次，不足以當清流雅望之選，沒有隨其他仕族渡江南遷，而是滯留北方留守家業。胡君立朝，解除了他的勢力與官銜，魏陽公在家沉迷聲色，終日妓樂筵宴不斷。他趁胡人入主，禮制鬆弛，膽敢僭越逾制，仿照帝宮格局將宅邸擴建得棟宇飛甍，宛如仙居。

他也讓家中幾十個侍妾都佩金翠曳羅綺，無視於晉室立下的制度：賤妾女奴不得服金釵，不得用織成的錦繡珠璣。

當嫣紅及一批女樂又被買進王府時，有人取笑魏陽公年已衰暮，還繼續蓄妓取樂，他自辯年輕時不解音律，聽家妓奏樂分不出好壞，一律拍手叫好，他還私下向相熟的知交咬耳坦白：

「甚至把曲牌錯當藥方。」

被引為笑談。

聽了大半輩子，老來方解音律，優遊無事聽曲打發時日。

「平生所有欲望皆不復存，惟未能遣此耳。」

魏陽公飲食起居極盡奢侈，對新鮮的事物尤其好奇。隨著胡人入主中原，帶來的胡樂、胡食、胡床無不引起他獵奇嘗鮮的興致。府中羌胡時時可聞，西涼來的音樂以管弦拉奏，鼓舞曲則用龜茲的音樂伴奏。然而在他心目中，還是覺得中土的琴才是最優秀的樂器，魏陽公從道家修心養性的角度來看待琴，認為它可以導養神氣，宣和情態，而且彈琴的技法是如此曼妙變化無窮。

聽多了楚漢琴曲舊聲，他也能親執樂器，獨奏一曲〈廣陵散〉，竹林七賢之首的嵇康彈這曲子來表現他憤世的情懷，曲調怨恨悽慼。嵇康因言論觸怒司馬昭，被借故殺之，臨刑東市前，學生三千人請他傳授〈廣陵散〉，嵇康不許，索琴彈之，彈完嘆息：

「廣陵散今絕矣！」

所絕的是嵇康的演奏技藝。魏陽公很慶幸樂譜仍在，他按譜彈奏，想像嵇康臨終最後一曲，曲音慷慨激昂，有臣凌君之意，魏陽公借此表達自己屈居胡人統治之下的鬱悶心情。沉迷於逸樂的他，對爭名逐利之心早已淡泊，卻深信道家的養身之道，恬靜寡欲，導養得理才能以盡性命，上獲千餘歲，下可百年，勤練呼吸吐納，服食寒食散。

遺憾的是嵇康〈養生論〉中提到的五難：

名利不滅，一難也。

喜怒不除，二難也。

聲色不去，三難也。

滋味不絕，四難也。

神慮精散，五難也。

三、四兩關他都過不了，魏府講究美食，只吃百日以外的子鵝，製魚鮓用的鯉魚要把近骨的魚肉棄之不用，因生腥不堪食，其他不及細述。

衰暮之年還廣蓄家妓，日夜弦管笙歌不輟，他對女性的審美以清瘦為美，喜歡長臉細頸、細瘦纖巧的美女，要求家中舞姬個個身細體輕。魏陽公讓人將沉香屑撒在床榻上，命令家妓走過，留下足跡的，必減其飲食，讓她們挨餓到身纖腰細為止，身輕如燕，沉香屑末少留痕跡的，魏陽公撫著垂胸白鬚，思索拿什麼來獎勵她們？

近日府中進了一批江南來的絲織品，精美絕倫，種類繁多，如名貴的大文綾、連珠孔雀羅、冰紈、吹綸絮，他決定拿薄如蟬翼的阿縞獎賞給纖瘦的舞妓做舞衣，穿上這舞衣輕飛曼舞，該有多美妙！

中土各地的奢侈華美之物充塞府中，魏陽公猶嫌不足。

魏陽公爭富不落人後。他知道這些中土罕見的奇珍異寶來自天竺西域的胡商。洛陽城中洛河南岸的東西兩側，是僑民和外商使節居住的專區，稱為四夷館，大秦、波斯、南天竺的商人從遠方異域帶著金銀寶物來中土貿易，聚居於此。

魏陽公常派人到四夷館，向虬髯碧眼，奇形詭態的胡商購買新奇玩意；來自西域的鎏金銀壺，腹部浮雕胡人男女圖像，他用它來裝酒，波斯的琥珀、水晶供陳列觀賞，大月支帶圈足的玻璃碗盛裝著葡萄，魏陽公用來自南天竺一件價值不菲的貂當坐褥，穿著皮裘，手上把玩南海的摩尼珠。

嫣紅從貴族名門仕女，一下子降為失去人身自由，卑下如奴婢，而且翻身不得的家妓，被主人當作招待賓客，炫耀富貴的工具，任由辱罵鞭笞，地位還比妾更低。家妓必須升格為妾，才能正式注籍，享有身分。心高氣傲的嫣紅看不慣魏府的家妓一個個千方百計想討主人歡心，往他床上爬，為色衰後的下半生找到保障。

雖然怨嘆命運不濟，身不由己，嫣紅把苦衷轉化為追求藝術的動力，潛心於才藝的表演，藝術成為她精神的寄託。她聽說古代的歌女韓娥的傳說，深受感動：

韓娥流浪到齊國雍門時，餓得再也走不動了，只得靠在雍門下，用自己哀惋動情的歌聲來乞食，以此打動了齊國人的憐憫之心。在她離去之後，那天籟般的歌聲還環繞雍門的屋梁廊柱間，久久盤旋迴盪，餘音繞梁，三日不絕。

嫣紅暗許自己，有朝一日她的歌聲也會如此動人，日夜苦練不足，還躲在屏風後偷偷學習堂前其他歌妓拿手的唱曲，暗記曲拍，默然吟哦，牢記於心。等到最受歡迎的歌妓因感染風寒，嗓子喑啞無法出場唱曲，她抓住機會，從屏風後走出，高歌一曲清商樂，歌聲婉轉動聽，在座賓客無不欽服叫好，以後她又將那歌妓唱紅的曲子，緣其聲而用別的調子來表現，在座有文士聽了，以「新歌自作曲，舊瑟不須調」來稱讚她。

知道主人喜歡琴音，嫣紅端坐拂琴，輕攏慢撚彈一曲〈平沙落雁〉，音韻淡遠，魏陽公踞坐於榻上聆聽，不時頷首稱許。她又演奏著名的〈幽蘭〉琴曲，徐緩幽靜而深沉，彈出幽蘭出谷的芬芳，也表達了惆悵孤寂，無以寄託的鬱悶情懷，席間賓客聽了，感懷自傷生不逢時，相互涕泣淚下。

嫣紅的舞蹈更是技驚四座，她身不虛動，手不徒舉，應節合度，一出場亮相，左手置於後腰，右手略揚的姿態立刻攝住觀眾的心神，接著徐徐伸展修長的兩臂，翩翩起舞，體態如輕風動流波，隨著琴瑟伴奏，她妙聲輕唱喟嘆人生短促，何不及時行樂：

人生世間如電過　樂時每少苦日多
幸及良辰耀春華　齊倡獻舞趙女歌

唱著唱著，腳下一下踏著欲停欲進的抒情漫步，一下又快步飄飛，看得人目搖心迷。

色藝雙絕的嫣紅，使主人聲名大噪。她撫琴唱曲的神態，被文士形容為：「朱唇不啟，皓齒不離，清氣獨轉，妍弄潛移，或似停而不留，或如疾而不馳。」

她因之得到魏陽公的寵愛，平時佩金翠曳羅綺，飲食居住受到優待。然而，她剛烈倔強，敢怒敢言，任性不肯服從的個性，卻使她的主人嫌惡不悅。

家破被賣身之前，嫣紅原本是個活潑外向、追逐時尚的貴族仕女，平日與她的女伴們袨服華妝，秋月春風之下結伴出遊，招搖過市，一路嘻笑不絕。有一次在路上湊巧洛陽城有名的美男子潘岳迎面走來，路上一群婦女為他的俊美所傾倒，互相拉起手來，把美男子團團圍在中間，向他投果品，投出第一粒蘋果的就是嫣紅。

敢於當街戲弄男子的她，怎肯屈居人下，她對自己的才藝有信心。主人雖想將她除之而後快，但因愛她的歌舞，捨不得下手。

有名士從南方渡江北上到魏府作客，談到東晉君臣沉湎聲色遠遠勝過北方，宮廷瑤席盛宴徵歌逐舞，綺豔輕靡的歌妓女樂，終日弦歌不輟，皇帝夜裡與宮人一起唱著：「自知身命促，把燭夜行遊」的歌連臂踏蝶而舞。南方貴族士家廣蓄家妓，炫耀成風，注重品歌賞舞，文士與才妓吟詩對唱，頻頻不絕。

魏陽公想到西晉前朝有世族家中蓄養女妓數十人，絲竹晝夜不絕，當年的皇帝微行夜出，常在這人家倚在門牆外聽其管弦，可見藝術之高超精湛。而今北方逸樂不及江南，魏陽公有意改變這現象，又新召了幾十個樂妓，讓樂工教曲，一等到栽培出一個才藝不亞於嫣紅的，取而代之，便將倔強不肯聽話的嫣紅除去。

等不及有這麼個人才出現，魏陽公便身亡了。

8

寂生下山的第一天，是個春寒猶重的暮春早晨。離開久居的深山寺院，回到世間紅塵，那感覺有如走出漆黑一片的暗室，乍見陽光，一時之間適應不過來，心裡一陣錯愕，不自覺地抬手遮臉擋住日晒，微瞇著眼。下山前才新剃的頭，頭皮發青，光禿禿的，一無遮掩，陽光直射下來，細細的針刺一樣，感到微微的麻癢，晒久了產生舒適的感受，全身筋骨鬆動，整個人輕快精神了許多。

一陣清風徐徐拂過，臉上的毛孔緩緩舒展開來，耳根接觸到了聲音，震動著他的耳膜，有氣味飄浮過來，寂生本能地屏住氣，不敢吸進那味道。

教他禪修的了悟禪師要他行坐住臥攝於一心，時時密護根門，回收感官，不受外塵外境所干擾。覺泉山寺寂靜無聲，即使他躡手躡腳地行走，還是經常被自己的腳步聲嚇到。

才一下山，寂生意識到自己關閉久矣的感官，正在一點一滴慢慢復甦著。

他發現自己置身一個人聲吵雜的市集，熟食攤的鐵鍋冒出熱騰騰的煙，鼻子聞到路邊雞鴨的糞臭，草藥店青草的腥香，海鮮攤牡蠣魚蝦刺鼻的腥味令他作嘔……種種顏色、聲音、氣味包圍著他，在他周圍旋轉，進入他的體內，在身上發散。寂生伸手拭拭眼角，濕濕的，漠然灰冷的心重又掀起激動，感官知覺又回來了，出家前熟悉的感受一寸一寸拾回來了。

水果攤各色各樣的芭蕉、橘子、葡萄、桃子吸引了他的眼睛，寂生回味味蕾接觸到橘子，嘴裡生津，他想像紫色的葡萄入口，酸中帶甜令他皺起鼻子，還有把嘴巴張大，咬一大口爽脆的鴨梨，喀嚓一聲，讓他心裡充滿愉悅，水果下肚後，喝水都是甜甜的。

寂生手裡被塞入一個滾圓的東西，一粒水蜜桃。賣水果的供養他的，手指接觸到毛茸茸的果皮，微微麻癢。他還捨不得吃，把它拿到鼻尖下吸嗅，香香的很好聞，忍不住一口咬下去，汁液滿口，舌尖嘗出甜味，緩緩咀嚼，慢慢品味，捨不得一口吞嚥下去，手中咬了一口的桃子汁液往下流，趕緊用嘴吮吸，伸出舌頭舔舔嘴角的果汁，甜甜的。

吮吸著水蜜桃，寂生眼前浮現一株盛開的桃樹。出家前，他每次為供養人送去抄寫的佛經，回程路上總是特意繞遠路，拐到一座貴族的豪宅，倚在不被門丁看到的牆角，聆聽從深宅大院傳來的絲竹唱曲，一直聽到天黑還捨不得離去。

最後一次去，也是暮春時節，府前幾株桃花正好盛開，粉紅色的花朵密密層層，怒放得不可收拾。那天下午樂曲沒有在期待中傳揚開來，等了好一會，才看到那兩扇朱紅的大門緩緩開啟，一行人魚貫走出……

下山後第三天，還是個美麗的暮春午後，寂生來到一個荒野村邑，穿過市集，口渴找到一口水井。正待取水，腳畔一陣吱吱叫聲，原來一隻麻雀的足爪被荊棘牽絆纏住，脫不了身，正在哀鳴。叫聲招來了一隻身形較大的公鳥，撲翅跳躍，奮力想營救那隻被困住的母鳥，結果反而糾纏一起不得脫身，啼聲淒然，不由得寂生彎下腰為牠們解開牽絆。

望著麻雀雙飛離去，正待取水，卻聽到一陣嚶嚶低泣聲，感覺到有人侵近，那低泣轉為哽咽。寂生繞過水井發現一個女子背對他坐在一塊石板上，頭臉用黑色的帛巾蒙住，在夕陽染紅的郊野，顯得神祕而淒然。從她身穿的絳紗雙裙，寂生看出是個年輕女子，正在尋思她來自何處？聽到腳步聲，那女子轉過身，右手拿著自衛的小刀，只要來人再欺近一步，她就要向自己的心窩刺下去自盡。

看到是個剃除鬚髮，身披袈裟的僧人，她的手垂了下來，掀開蒙頭的黑帛巾，現出蓬鬆而微亂的高髻下，兩道纖細修長的蛾眉。畫的是時興的仙娥妝，只是雙頰胭脂殘褪，滿臉倦容，裙襬下露出一雙膚白如雪的纖足，趿的是沒有後跟的屐，歌妓舞女穿的舞鞋。

這雙舞鞋使寂生想到了一個人。出家前，他送完為供養人抄寫的佛經，回程故意繞遠路，拐到一座豪宅倚在高牆外，聆聽從深宅大院裡傳揚出來的笙鼓唱曲，每次總是聽到天黑還捨不得離去。

也是一個和暖的春日，他又繞道前來聽曲，豪宅府前幾株桃花盛開，花朵密密層層，怒放得不可收拾，絲竹管弦沒有在期待中傳出牆外，府內杳然無聲。寂生等了好半晌，看到兩扇朱紅大門緩緩開啟，府裡的主人公趁春日和暖，帶家妓們到湖上泛舟作樂。魚貫緩步出門的儷人中，他發現一個身穿絳紅廣袖短襦，翡翠綠的曲裾長裙，纖腰緊緊繫紮了一條黑色帛帶，體態輕盈的女子，她微側的臉容豔麗異常，長長的蛾眉掃到鬢邊，隨著走動，高髻插飾的金步搖一步三搖，那搖曳生姿的風情令他難以忘懷。

似乎感覺到有一道目光朝著她盯視，那女子側過頭，向他的方向微微一笑。

驚鴻一瞥後，他回去寫了一首豔詩，以丹唇翳皓齒，巧笑露歡顏，微步動瑤瑛等形容來描寫她。

寂生認定水井邊舉刀自衛的女子，就是那天隨主人出遊的那個儷人，那一日匆匆一瞥，他把她從雲鬢雪膚、從眼眉唇齒到身腰逐一細看，最後目光停留在她沒著羅襪的纖足，趿著屣，歌妓舞女穿的舞鞋。

9

被告知台灣來了一封信，我立刻想到是陶的。他一定輾轉問到我在南京，電腦郵件聯繫不上，只好寫信。我猜在信中一定是對他棄我而去的絕情充滿悔意，會不會是想要與我重歸於好？

我是怎麼讓陶進到我的生命的？

一個人在校外獨住，白天抱著書去上課，傍晚拿著飯盒到學校餐廳買飯菜，回來坐在電腦前，盯著視頻吃。就這樣自己跟自己周旋，沒有什麼朋友，也少跟中部的家人聯繫，過久了，需要找點依靠，陶出現了。

躺在床上渴望著陶，想像他的手和過去一樣，撫摸我身上的每一寸肌膚，哪裡都去到了。好些日子沒有他，我老了好幾歲，皮膚鬆弛粗糙，覺得自己正在枯乾萎謝。

呵，多久了，我同一個姿勢躺著，不管下午或夜晚，躺著等待他，等他進到我的裡面，被他占有。能談能說的早已談完說完了，剩下的只是生理的索求，我被自己無止境的需求嚇住了。妳天生適合我。他趴在我身上說。剛剛好。

不敢問他之前和多少女人好過，害怕自己會嫉妒到發狂。他可是我的第一個男人。

一廂情願地認定陶對我舊情難忘，回心轉意給我來信，直至發現信封上陌生的筆跡，打開一看，信來自曾諦教授，他指導系上的一個研究生，以東晉佛教中國化為論文題目，收集資料過程中，發現文獻記載建康：長干里有長干寺，鬥場里有鬥場寺，這兩座是東晉著名的佛寺，他又看到有一寺名為道場寺，也坐落於鬥場里，東晉末期一位來自天竺的禪師佛馱跋陀羅駐錫該寺教禪法，有「禪窟」之稱。禪師後來還與法顯在道場寺翻譯他從天竺取回的佛經，研究生注意到有的文獻把「道場寺」寫成「鬥場寺」，究竟兩者是否為同一名剎？抑或是不同的兩座佛寺？

研究生向曾諦請教。

曾諦想到我在南京做田野調查，也許我可就地請教研究佛教寺院史的學者找到答案。臨離開台北前，最後一次禪坐共修，我向他道別，隨口說了希望到南京後可持續靜坐調伏身心，沒想到他放在心上。

握著信，血湧上我的臉，那一瞬間，我對自己深陷情欲而感到羞恥，慚愧萬分。很後悔以前沒向曾諦討教請法，他是個有修行的人，如果傳聞屬實，他還出過家，多年潛心學佛，憑他的法眼一定早已看出我心中的煩惱迷惑。

我應該回來打坐靜心。隔天起了個絕早，坐在床上閉目調息。鼻子似乎聞到一股香味，深深吸了一下，聞得出是栴檀妙香。

沒點香，哪裡來的檀香味？

睜開眼，小房間牆上貼了幾張蓮花紋的瓦當圖片，環繞室內久久不散的檀香，一縷輕煙彷佛從我正對面、這張尺寸最大的拓片蓮花瓣的裂痕空隙飄出，這件南京鍾山北郊壇遺址出土的瓦當拓片，宣紙上黑白墨韻層次分明，十個蓮瓣夾有蓮蕾，中心的蓮蓬內還有蓮子，正是這件出土文物，造就了我到南京來的機緣。

蓮花是佛國淨土的象徵，所謂「彌陀之淨土，以蓮花為所居」。

釋迦牟尼佛誕生在長滿蓮花的藍毗尼花園，人中蓮花的佛陀，出汙泥而不染。蓮花盛夏開花，眾生的煩惱有如炎熱的夏天，生長蓮花的水是清涼的，為煩惱的人間帶來清涼，只要眾生遠離五欲六塵，便能由煩惱而淨化清靜。

我與佛有緣。

栴檀妙香引領我到棲霞寺朝聖，南京最著名的古剎。佛寺初建於南齊，距今有一千五百多年的歷史，至今香火鼎盛，千佛岩石龕中跏趺蓮花坐姿的佛像莊嚴肅穆，舍利塔的塔基浮雕的釋迦八相圖雕工古樸，飛天造像生動，明鏡湖荷花盛開，湖中的彩虹亭精巧優美。

棲霞寺有一個供修行者打禪七的禪堂，我撩開門前垂掛的青布簾，一腳跨進去，沒想到禪堂內頗為闇暗，一股清涼之氣直逼而來，我被那凝靜的氣氛所懾，心立刻沉靜了下來，一等眼睛習慣了禪堂的陰暗，微弱的光線裡，發現裡面極為深廣寬敞，布置簡單，只在進口處設一上香的佛龕，地上鋪著紅磚，靠門右邊卻有兩塊磚顏色較淺，不知有什麼講究？

禪坐蒲團離地高築，沿著四面牆延伸過去，我正巧遇到打七的僧人放參，才有機會偷偷進來一窺。

禪堂深沉安寧的氣場，令我渾沌的心清明了不少，正想爬上鋪著蒲團的禪坐坐下來調伏心中妄念，不意卻發現牆角盡頭一個身披褐色袈裟，跏趺靜坐的僧人，他長臉細頸，低眉垂眼，唇角隱約浮現一抹超脫淡然的微笑。一個恍惚，我彷彿看到了曾諦教授，是他除了黑框眼鏡，目光下視，如枯木插椿坐在牆角。一個不可言說的感應令我以為那個參禪的僧侶就是他。

難道是他的分身？

帶著疑惑未解，我上到寺院的山頂眺望長江，混濁的長江橫跨一座上下兩層的大橋，是中共建國後引以為傲的大工程。陶的祖父當年用門板當船具划過江時，還沒有這座大橋。上世紀六〇年代，中蘇交惡，撤走工程師後，由中國人自己設計建造完成，完工之後成為遊客必到之處，夜晚燈火相照狀若長龍，極為壯觀。

令人不解的是這座當年新中國象徵的大橋，卻有許多厭世者投江自殺。一個剛崛起的新觀念藝術家以長江大橋為題材，運用被大陸畫壇漠視多時的水墨宣紙，畫了巨幅作品，稱為：「南京長江大橋自殺現象干預計畫系列」，同時組織一個團體幫助不滿現狀企圖輕生的人們。

棲霞寺路途遙遠，無法常去朝拜。我想到，南京第二大寺院鷄鳴寺，距離我的住處不算太遠，每次坐巴士經過，都會看到黃牆鼓樓，聳立的藥師塔。

雞鳴寺建在山勢渾圓，狀似雞籠的山坡上因而得名，它背臨玄武湖，東對紫金山，原為梁朝的同泰寺。

我在一本介紹南京古廟的書上看到：梁武帝建同泰寺，窮極宏麗，殿堂精雕細鏤，周體迴廊丹碧映輝。後來侯景作亂，同泰寺遭雷火焚毀，明洪武時在原址重建山水園林寺院融於一體的雞鳴寺，規模不及原來的一半。

來到這黃牆黛瓦，雕磚花窗十足江南風味的寺廟，花五塊人民幣，換得三支香，拾級而上，爬上頂處的茶室喝茶想心事。窗口看出去，沿著玄武湖南岸，有一段齊整的灰色城垣，被認為是六朝的皇宮所在地，台城的遺跡，侯景作亂梁武帝就是被困在這裡餓死的。這麼一位一生佈施無數，自己都捨身入寺的「菩薩皇帝」竟然有這種下場，他口苦乾渴，索飲蜂蜜水，竟然不得，憂憤成疾，最後餓死以終。

從史書上我讀到：

魏晉南北朝注重門第出身，階級劃分嚴明，不得逾越。侯景出身卑寒，初降梁武帝時備受禮遇，當侯景要求門閥冠冕的王謝家族婚配，請梁武帝做月老，皇帝因門戶懸殊不敢答應，命他「於朱張以下訪之」。侯景受辱憤而發動叛亂，攻陷建康後，解放奴婢，將江南世族兒女婚配奴婢，以之羞辱世族，完全顛倒往日階層次序。

「百工履色無過綠青白」，講究出身門第的南北朝，明文軍戶吏家、百工屬於同一階級，身分卑賤，規定綠青色為卑賤人戶和奴婢穿著的顏色。

我想到眷村長大的陶。

當我告訴他我老家的花園曾經養過一公一母兩隻孔雀，跟他形容老家大廳的圓柱，大到需要一個孩子拉手合抱才能圈圍起來。

「失敬了，大地主小姐！」

當時我沒意會到他話裡的酸味。

那一次，他陪我到青田街一個親戚家，日本式的房子，他在外面的院子等我。周到的主人以待客之禮堅持請他進屋，推辭不了，陶在玄關脫下鞋子，我發現他的鞋底沒有墊鞋墊，他經常從路邊攤販買東西，這雙鞋也是地攤的舊貨吧？我很替他感到難為情，我注意到他在親戚的面前低下頭，羞慚到連耳根都漲紅。

從親戚家出來，一路上陶一語不發。回到我住處，他狠狠地把我推到床上，扯去我的內褲，強行進入，騎坐在我的身上侵犯我，用一些暴力的言語辱罵我，然後丟下我，頭也不回的走了。

不想沉溺在酸楚的回憶，我把眼光轉向窗外，眺望城牆上來回移動的遊客，唐朝詩人韋莊那首弔古傷今的詩：

江雨霏霏江草齊　六朝如夢鳥空啼
無情最是台城柳　依舊煙籠十里堤

爬上城垣參觀，我才發現它並非是台城，六朝皇宮所在地，而是遲至明代才修建的城牆。

我開始在游人稀少的早晨，到雞鳴寺的觀音殿靜坐，希望得到菩薩加持，令我遠離煩惱，把心安定下來。遺憾的是每當我眼睛一閉，立刻妄想紛飛，新愁舊恨齊上心頭，念頭一個接一個，像海裡的波浪一樣，前浪追逐後浪，後浪追逐前浪。

以後又試了好幾次，依然故我，始終靜不下心。無奈的睜開眼，不意發現觀音像是面北而坐，不是傳統的朝南方而坐，但不知其中有何玄機？心中充滿了疑惑，琢磨不出答案，那天走出觀音殿，偶然頭一轉，門上的楹聯為我解答：

問菩薩為何倒坐
嘆眾生不肯回頭

指的是我。至今還在貪、嗔、痴中輪迴。

10

東晉以來，玄學盛行，儒家的綱常禮教受到很大的衝擊，社會風氣開放自由，婦女地位提高，崇信佛法的信徒剃髮出家形成一種風氣。宮中皇帝皇后為安置女尼，大建寺院，皇親貴族、王公大臣也相繼捨宅為寺，將宅中主要居室充作佛殿，幾年內延興寺、永安寺、建福寺等尼寺林立，寺內林池飛閣，茂樹名花，廊柱綺麗，佛殿裝飾更是窮精極麗。每逢大做佛事之日，這幾座尼寺成為京城仕女進香遊覽勝地。

寺院由精明能幹的女性僧官主持，造就了一批學識淵博，佛學造詣很高的比丘尼。她們不僅能為信眾講經，聽者如市，更能到宮內講經，在朝上與國師、道士辯論佛道。有位修行得道的比丘尼，身具神通能力，是個擅長占卜預測未來的術士，被尊為聖人。皇帝親自驗證她，在她席子下放了鮮花，多日後那些花竟然鮮活如故，不曾枯萎。

尊崇道教的皇帝不聽比丘尼說佛法，在宮殿裡築了一座道觀，每次皇帝走進道觀，就會看到滿屋子的佛教神靈，皇帝懷疑她施的法力，卻苦於找不到證據，後來一大群烏鴉在皇宮築巢，聒譟不休，皇帝把她迎進宮裡，齋戒七天受除八戒，惡兆被消除，烏鴉才飛走。

永安寺一位禪法高深的尼師，養了一隻老虎隨行左右，坐禪時老虎蹲伏一旁，如果有比丘尼犯戒而不及時懺悔，老虎會對她怒吼。

收容嫣紅的竹林寺，坐落於洛陽城西門外，是處刻苦清修的淨地，不像永安寺等其他寺院，由皇室大臣所建，比丘尼個個身披絲質僧衣，終日談玄論道。竹林寺寺風嚴謹，尼眾個個腳踏芒鞋，身穿芻麻做的僧服，只日中一食，長年茹素，不沾味道辛辣的大蒜、蔥等。一位比丘尼為母守喪，整整三年不吃五穀，只以葛根和芋頭填肚，而且睡不用床，坐不用席。

竹林寺為中土第一位比丘尼竺淨檢所建。她本姓仲，徐州人，父親曾任甘肅武威郡太守，幼年隨母親遷居洛陽，少好學，早年守寡，家境貧寒，為貴遊女子教授琴書，後遇到經道通達的沙門為她講經說法，淨檢大悟，與二十四位女眾於宮城西門外建竹林寺，隨西域名僧佛圖澄學法。淨檢蓄徒養眾清雅有則，說法教化如風靡草，從月支國得《僧祇尼羯磨》及《戒本》。沙門曇摩羯多在洛陽立戒壇，佛圖澄為她受具戒，中土比丘尼以淨檢為始。羯磨之日，殊香芬馥，眾人同聞，莫不欣嘆，對之敬仰有加。

竺淨檢七十歲那年，聞到受戒儀式時的特殊香氣，眼前升起一團紅色的雲霧，一名天女手捧五色花束從天冉冉而降。淨檢看了心生歡喜，立起身來，騰空而起，如一道彩虹飛升而逝。

淨檢入化後，寺中虔誠修道的比丘尼，見到種種異象，諸如：在夢中來到須彌山，高聳入雲的山上，有種種寶飾輝耀，璀璨有如太陽，香煙繚繞中，聽聞遠方鼓聲隆隆，一位篤信阿彌陀佛的比丘尼，病中看到她乘著香氣滿溢的雲霧，從天而降，一時之間寺中大放光明，阿彌陀佛把她接引到西方極樂世界去了。更有絕食修苦行的，稱「苦行齋」的比丘尼絕食前夕，發誓道：

「若誠齋有感，捨身之後，必見佛者。願七日之內，見佛光明。」果然到了第五天深夜，東方的樹林裡出現了一道神祕的光。

修行最終極的苦行就是犧牲性命，自焚而死。竹林寺曾有兩個比丘尼追隨《妙法蓮華經》裡藥師王菩薩的腳步，自我獻祭。

「一切眾生喜見藥師王菩薩，為報於日月淨明德佛處，聽了《妙法蓮華經》

之恩，燒身供養因緣。」

一位比丘尼於佛陀入涅槃那天，香油塗身，以天寶衣纏身，爬上撿來的木柴堆引火燃燒。另一位法號善妙的比丘尼聲稱：

「我以神力供養於佛，不如以身供養。」

於四月初八佛陀誕生之日，把自己織好的布泡進香油，然後纏繞全身，請維那打磬，點火自焚，斷氣前向所有圍觀的比丘尼道別，並說：

「各勤精進，生死可畏，當求出離慎勿流轉。我捨此身供養已二十七反，止此一身當得初果。」

嫣紅是從主人家逃出來的。

魏陽公病危前留下遺言，絕不讓他親手調教、聲色俱佳的家妓流入別的王公之手，他知道想把她們據為己有的不乏其人。在他身後，數十個家妓只有兩個下場：一是逼她們燒指吞炭，變成廢人，另一條路是出家為尼，永絕聲色。

嫣紅真的被一個遊化的僧侶把她帶到竹林寺來。

這都是命，前世註定的，她這輩子是來還願受報的。

當年她還是仕宦貴族之女時，洛陽城幾家官設的寺院她都去過，和相熟的仕女們裝扮儼然的去參加法會。這些寺院原本都是王公貴族的宅園，宮宇宏美，窮精極麗，捨為寺院後，才有僧人進住。娛佛敬神規模宏大的景樂寺，常設女樂做佛事，表演歌舞，歌聲繞梁，舞袖徐轉，絲管繚亮，看得嫣紅和她的女伴目亂情迷。釋迦牟尼成佛日，長秋寺連袂洛陽的大佛寺，扛抬佛像出行，幡幢若林，梵樂法音，更有吞刀吐火，歌舞百戲奇巧雜技。

竹林寺是個修行的道場，清淨香火所在，整天靜悄悄的，毫無一點聲息。嫣紅被安置在香積廚，幫忙揀菜挑水。拿著木桶到後院古井取水，井旁山櫻盛開，一陣風吹過，花瓣在空中翻飛，一片繽紛。曾經有一位欣賞過嫣紅舞姿的文士，寫了一首詩形容她步點靈巧輕盈的舞姿，整個身體像繁花綴枝那般微微顫動，美極了！

恍如就在昨日，她身穿緊身適體的對襟舞衣，寬寬的袖口綴著紅綠滚邊，一條帛巾把她的腰束成纖纖一小把，下著丹碧紗紋雙裙，飄帶拖得長長的，走起路來牽動裙襬的尖角。

不自覺地，嫣紅直起腰身，擺出垂袖等待起舞的姿態，似乎有管弦樂音隨著清風飄來，她舞袖徐轉，袖隨如意風，迴腰覺態妍，慢慢轉過身，感覺到舉腕嫌衫重，嫣紅回過神來，看著自己身著寬鬆直筒，沒有腰身的灰布衣，袖子臃腫的堆疊。

魏陽府才藝雙絕的舞姬隱退了。

低下頭，照見木桶裡水中的倒影，她到了竹林寺的第三天，寺中淨髮的女尼把她一頭如雲的鬟髻毫不留情地剪掉。歌妓才梳得高高的髮型被削去了大半截，髮鬢中所飾的步搖、花鈿、簪釵一併被拔掉，嫣紅撫著頭，從前那種走動起來一步三搖的搖曳之姿，自此一去不復返了。

無須剃度落髮，嫣紅已經覺得整個頭光禿禿的。

難道這輩子就要在竹林寺度過了？

香積廚帶著嫣紅洗菜淘米的法忍，身形瘦弱，一看就知道是貧苦出身，從小受勞役，致使身軀變形。在嫣紅的眼裡，她看起來像隻餓瘦的蚱蜢，不知如何輾轉到竹林寺來的。

法忍奉戒刻苦，她說自己過去世造太多惡業，這輩子為受報還願而來。她落地後有好久，眼睛都是閉著。

「不想睜開看這世間，太苦了！」

生是苦根，老病死如枝葉花果一樣，從根芽到結果，都是苦的。她一邊揀菜，一邊自語。

法忍已受完沙彌尼十戒，剛受了式叉摩那戒，翻譯成漢文就是學法女。她告訴嫣紅，出家女眾比男眾多了這一級，受完兩年式叉摩那戒，才可以受比丘尼戒，她給嫣紅說了一個故事：

佛陀時代，有個曾經結婚的婦女來出家，當時已懷身孕，受戒後生了兒子，被俗人譏嫌，有辱清淨僧團的名譽。於是佛陀制定式叉摩那戒，女眾受完沙彌尼戒，後進受六法戒二年，再受比丘尼戒。

「佛說：女眾心性不定，容易過失，才多制定這一戒，在完成比丘尼僧格以前，要經過嚴格的考驗。」

嫣紅事不關己的白了她一眼：

「女眾出家受多少戒，和我什麼相干？」

能夠到竹林寺修行，是累生累世修來的福報。法忍要嫣紅珍惜。她聽說寺主令宗大師父當年經過千辛萬苦，最後才得皈依佛門。大師父小時家遇到喪亂，被胡人擄了去，她誠心誦《妙法蓮華經》中的普門品。好容易被釋放了，走在路上又被盜賊追逐，她趕緊爬上一株枯樹，專誠至念觀世音菩薩。菩薩尋聲救苦，幫助她逃脫了。

「來到岸邊，無船可渡，心中恐懼。大師父虔心默念佛、法、僧三寶，突然不知從哪裡來一頭白鹿，鹿往河裡走，水變得很淺，並且沒有波瀾，大師父跟隨在白鹿後，涉水過河，竟然沒有被浸濕，好像走在陸地上一樣，這才逃掉賊人。」

白鹿是觀世音菩薩化現的。

嫣紅不為這故事而有所感動，她倒是挑剔寺中的飯菜，抱怨天天素食，清淡寡味，難以下口。

法忍雙手合十，連稱：

「阿彌陀佛！施主一粒米，大如須彌山，今生不了道，披毛戴角還。」

寺院稱晚餐為藥石，本來應過午不食，但色身必須靠食物療饑才能修行，出離生死。

「所以是藥，不吃不可，師父說：吃施主施捨的每一粒米，都要觀想好比吃自己的肉。」

食葷會斷大悲種，為了長養慈悲心，她要嫣紅一定要吃素，殺生為五戒第一重罪。佛陀當年遊化度眾說法，身上常備有一個漉水囊，用來過濾飲水，怕傷害水中漂浮的微蟲。

為了免於殺生，廚房的糖罐周圍出現了一群螞蟻，法忍想出一個法子：把糖罐放置在水盆中央，隔著水讓螞蟻束手無策。嫣紅卻故意拿起一壺水，朝著爬行的螞蟻潑去，一下淹死了牠們，然後抓起水桶到後院的水井邊顧影自憐，想她的新愁舊恨去了。

她常是一去好幾個時辰，丟下廚房分內的工作。法忍從無怨言。嫣紅對她出言不遜，嗔恨毀辱，她也默然忍受，借機修六波羅蜜中的忍辱。忍辱而不還報，才能清淨持戒。

有天半夜嫣紅肚子疼，痛得抱著肚腹在床上打滾，發出痛苦的呻吟。黑暗中，她的頭被扶起，有人讓她喝大悲水。每天早晚課法忍在佛殿念大悲咒，親眼見到觀世音菩薩的光注入水瓶。

「肚子痛，喝了就好，這種醫病的神水，很神奇的喔！我們佛殿的大悲水，不管放多久，色味都不會變，大寒天也從來不會結凍。」

法忍還說供在佛前的花，也長不凋謝。

她相信崇佛奉法可以除病滅災。

「那一次我的右腳腫得像饅頭，路都不能走，我誠心誠意的持白衣觀音咒，幾天一直沒停。」法忍說：

「睜開眼睛，我看到一個白衣大士向我走來，祂身體又高又大，充滿了整個屋子，頭都碰到屋頂了，那時我腫的腳很癢，又不敢伸手去抓，第二天腫消了大半……」

嫣紅後來發現竹林寺的僧尼生病，都說是過去的業緣所造，甚至臥病不起，也從不服藥，而且比往日更虔誠的誦經念佛。一位大病後的比丘尼說她神氣比病前更旺盛，她雙手合十頻頻讚嘆：

「諸佛神力，無量無邊，不可思議！」

11

透過南京的基金會，轉交曾謫給那女學生的信，信末還問她是否持續靜坐？曾謫極少正眼看人，何況是女學生，聽她說起即將到南京做田野調查，才引起他的注視，匆匆一眼，對她的長相毫無印象，只記得她眉心緊皺，似乎陷於苦惱之中，靜坐時他感覺到前排的她坐得很不安穩。

曾謫很訝異自己會試著追憶那女生的長相。

長久以來，他為自己築了厚厚的一道牆，從生命的紅塵逃離出來，從不與人有任何情感互動，他自覺心如槁木死灰，一個人獨來獨往於寂天寞地之間。他摒息諸緣，不被外境所惑，教完書回去以一屋子佛書相伴，讀倦了，就在家中自設的佛堂，對著佛相結跏趺坐直至夜深。

他參加過達賴喇嘛的文殊師利菩薩智慧灌頂，在香火氤氳的道場，曾謫閉目觀想，隨著達賴喇嘛的持咒作法，祈求文殊菩薩的智慧寶劍斬斷無明愚痴。灌頂加持中，曾謫眼前出現一道道白光，閃爍得愈來愈強烈，到後來白光如瀑布一般傾瀉下來，把他整個人籠罩在裡頭，感覺到一股極強的能量直逼過來，震盪得心起了陣陣的悸動，卻又感到前所未有的寧靜。

法會結束後，他步出道場，喧鬧的街市，那道白光所形成的光圈，團團圍住曾諦，把他與周遭的人群分隔開來，街上往來的行人無法欺近他。

曾諦很喜歡那種孤立的感覺。千山萬水我獨行。

那個曾經和他一起靜坐，現在人在南京的女生，在他去信之前甚至不知道她的名字，更記不起她的模樣，自此卻常在曾諦念中。

長久以來他一直試著從感官世界抽離，讓自己心如止水冷漠無情，做個隱遁的行者，一無牽掛，再怎麼也想像不到，他會讓另一個人，而且是女人闖入他枯寂冷硬的心，而他甚至連她的樣貌都記不完全。要不是說到南京做田野調查，自己才會正眼瞧了她一眼，僅只一眼，也沒留下多少印象。

雖說是她主動在信中向自己請教如何開始學佛，本著過來人的慈悲本分，他聞聲救苦，熱心的給予指導，幫她走上修行之路。沒想到幾次來回通信，他原本冷硬不動的心漸漸有了轉變，陷入攀緣，不再像往昔那般清淨了。

曾諦對自己內在的變化深感迷惑。

為了對治騷動不安的心，曾諦更勤於靜坐，看住心念，不容自己生起絲毫妄念。想像自己是走在一條懸掛兩邊山崖的繩索，稍一昏沉，就會一步沒踏穩，摔下萬丈深淵。

人在定中，達到清明無念之境，遺憾的是那種輕安的快感無法持久，專注力一鬆弛，心仍被境界所俘虜。打完坐，起身離開蒲團，不消多時，定力消退，立即被打回原形，煩惱依舊，念頭一個接一個，串習之中輪迴不已。

曾諦但願他永遠在定中。

然而，這是不可能的，他意識到禪坐修止只是一種造作，刻意維持的寧靜，拚命壓抑迫使自己的心安住於平靜，這種竭盡心力去達到的寧靜，有如水的表面看起來靜止無波，水底下卻是暗濤洶湧，正是禪言所譬喻的：按著牛頭吃草。禪坐修止，表面上保持平靜，卻無法盡解他心中的迷惑。

那女學生始終在自己念中。

她告訴曾諦南京棲霞寺禪堂，那個穿袈裟跏趺靜坐的僧人，儼然是他的分身。

那女學生在南京寺院看到他的分身，曾諦想知道自己究竟是誰？

曾幾何時，他是那個教書之餘，回家閉門打坐，與一屋子的佛書為伍，心無旁騖，一心向佛的清修佛弟子。突然在毫無防備中，他那壓抑禁閉的心，被那女學生闖了進來，擾亂了他的清修，變得迷妄魂不守舍。

曾諦做了個夢，夢中來到一座古風的佛寺，只見梵宇層樓高聳，樓塔飛簷高翅，翼角懸掛的風鈴隨風叮噹作響，寺中古木參天，他來到花園一口水井，俯身照看自己的水影，尋覓浮現的心像。人一驚，醒了過來。

連續好幾個晚上，曾諦做著同樣的夢：

夢中來到一口古風的圓井，井緣爬滿了青苔，他伸手撥去披蓋井口的蘆荻，俯下身探看，井底深幽不可測，闇暗的深處，水面浮泛著微弱的光。曾諦正待照看自己水中的倒影，一陣冷風吹來，他打了個哆嗦，人驚醒了過來。

這座記憶的深井，等著他去挖掘。

曾諦坐在暗夜中默想，繼續做那沒做完的夢。

隱藏在最深處的記憶等著他去揭穿，曾諦以為已經煙消雲散，逝去久矣的過去也許仍然存在，等待他去發現，隨時準備再生。菱荷蒙蓋著水面，使他無法照見自己的心像，他必須清除覆蓋遮蔽，窺探被囚禁的過去，喚醒它，讓它重現。

經過鍥而不捨的努力，捕捉那份遙遠的感覺，回到從前的氣息，慢慢湧現一個朦朧、模糊的影像，那印象像一些難以辨識的符號，稍縱即逝，這一面支離破碎的心鏡等待他去拼湊，重新組合。延續著那如幻似真的感覺，重溫遙遠的舊事，停留在過去，漸漸有了形狀。

靜默冥想中，有天晚上突然靈光一閃，緊閉的千重門在無意之間打開了，驚鴻一瞥，他看到一個穿袈裟的僧侶，匍匐跪在一尊秀骨清相的六朝佛像之前，佛像唇角浮現一抹超脫淡然的微笑。

那僧侶的身影那麼熟悉，儼然就是他自己。

身為佛弟子，曾諦早已知曉在生生世世無盡的輪迴之中，不是只有這一世才成為佛教徒，他有一世也出家為僧，這一世再來續前緣。驚鴻一瞥的那個僧侶，會是他的前世嗎？

12

嫣紅拎著木桶來到後院水井邊，從懷中掏出一把半月形的玳瑁梳，這是她家破那晚唯一帶出來的東西，從不離身，這次逃離魏陽公宅邸時，也還帶著它。梳子的兩面刻有鳳鳥花紋，梳齒薄，齒端削尖，本來正好梳她那一頭又濃又密的頭髮。此刻嫣紅拿著梳子理妝，很慢很慢地梳著被剪掉一大半的短髮，凝視水中自己的倒影，眼淚一顆顆往下淌……

水井旁那株山櫻，怒放到了極致，很快就要凋謝了。

陣陣木魚磬聲從佛殿傳來，尼僧在做晚課：

……是日已過，命亦隨減，如少水魚，斯有何樂，眾生……

韶光飛逝，紅顏易老。玩夜，她的情人一定急著在找她。她必須趕快離開這尼寺。

玩夜，魏陽公府裡擅長跳胡旋舞的舞者，有個名士讀了「今彼嘉客僧忘歸，時久玩夜明星稀」這兩句詩，給他取了這藝名。

府中的人都以為玩夜是魏陽公的孌童，每次出遊，他都盛妝豔服，與主人同坐一車。玩夜卻自稱一路上只是以和言善笑，美口美言來為主人解悶，博得歡心而已。

玩夜長得深目高鼻，出身關外，似乎有胡人血統。他的祖父善奏胡笳，有一次在關外被圍，他吹起胡笳，把圍困他的胡騎感動得涕泣泫零，最後放了他，棄圍而走。

玩夜將胡笳聲編入琴曲，在魏府經常吹〈竹吟風〉、〈哀松露〉、〈悲嘆月〉三個曲子。他的胡旋舞是向一位白髮紅鬚，善飲酒的老胡人學的。這個老胡人經常率領舞隊，簫管鳴前，門徒從後，鏗鼓鏘鏘到魏府跳獅子舞、鳳凰舞。

玩夜在六個樂人的伴奏下，奔馳騰躍跳胡旋舞，他穿翻領窄袖的胡人舞服，在激烈的節奏中聳肩抬臂，騰踏跳躍旋轉，神情俏皮風趣，粗獷中帶幾分妖媚，舞姿令人目眩神迷。

輪到嫣紅跳清商舞，玩夜擊蜂腰長鼓為她伴奏。嫣紅廣袖長裙，舞姿柔嫚，舞著，舞著，她感覺到玩夜那雙胡人狹長的眼睛，貪婪的盯著她，隨著她擺動流覽她的全身，從下到上，每一個部位都不放過，那盯視的目光放肆而熾熱。

嫣紅被冒犯了，她沒忘記自己高貴的出身，把頭仰得高高的，睨視這個胡人舞者。

漸漸地，玩夜挑逗的眼神，令她起了不能自禁的反應，被他盯視的部位，有如螫刺似的，起了陣陣麻癢顫慄。嫣紅抗拒著，依然不肯屈尊。

魏陽公追隨時尚，審美品味趨向纖巧細緻，喜愛輕盈清秀，身材窈窕細瘦的美女。他嚮往漢成帝時的趙飛燕，步點靈動，舞姿輕盈到掌中能舞的情致，要求他府中的舞姬體態輕捷，腰圍僅僅一小把，軟骨輕軀，反腰貼地銜得席上玉簪。

魏陽公命人在席上撒下檀香末，讓府中的舞姬一個個從上面走過，蜻蜓點水不留足跡的，賞以串串珍珠，反之，留下足印的則餓飯不給吃食。嫣紅生來骨細肌豐，豐腴韻勝，幾天下來餓得奄奄一息。玩夜不時偷偷塞給她胡餅療饑，救了她一命。

為了報恩，嫣紅把自己獻給他。

第一次，沒有唇與唇的碰觸，沒有溫柔的愛撫，玩夜強行進入她的裡面，被撕裂的痛楚令嫣紅咬緊牙齒，抱著他的肩膀，任由趴伏在她身上的男人擺弄。

玩夜把嫣紅變成一個女人，喚醒了她內在的需求，使她成為一個耽於情欲的女人，一次又一次翻滾於性愛，索求生理的快感，永不饜足。嫣紅鄙視這個男人的同時又想與他歡好。他戳入她的渴欲的領域，給她歡快。

魏陽公得了急病，趁府中混亂，嫣紅找到他相約私奔出逃，玩夜被叫到病危的主人床前，無法雙雙逃走，只好約定地點會合。等了十來天，情人始終沒有露面，嫣紅四出尋找他的蹤跡，遍尋不獲，又無人可問，正苦於不知何處投奔，最後來到郊野水井旁，望著燕子成群在暮色中南飛，感嘆自己身世，不禁幽幽低泣。

下一刻回過神來，她發覺被那個身披袈裟的僧侶帶到竹林寺。這一切都是命中註定。

一個李姓太守到竹林寺為往生的母親超渡做法會。他的母親出身仕宦之家，長年體弱多病，到竹林寺來求卻病之方，寺中住持教她持齋誦念西方佛名，她回家後即斷葷茹素，從此淡妝布衣，修西方淨土觀。離世前遺言給當太守的兒子，初一十五到竹林寺打齋供僧，不得間斷。

這天打完齋，李姓太守在後院看到一個年輕女子俏立在石階下，伸手撫弄石榴枝，臉上若有所思。雖然身穿寬鬆的灰袍，依然看得出長得秀骨豐肌，太守見這女子尚未落髮，不免為她的天然妙姿所吸引，放膽上前勾搭。

聽到腳步聲，女子回眸看了他一眼，太守情不自禁，回去寫下：「華容婀娜，令我忘餐。」下次再到竹林寺供養尼僧，太守來到後院，隨手折斷一枝花已落盡山櫻的樹枝，向那女子警示春華易逝，紅顏易老，送給她巾箋時還說了句：塵緣未斷，當自珍惜。

嫣紅在他用來傳情的巾箋上，寫了兩句詩做為答覆，稱自己並非：「曲江臨池柳，這人折去那人攀。」

她心中只有玩夜。

情人占滿了她的心。獨處尼寺，她每天有太多的時間，翻來覆去逐一回味往日的情懷，瞞著主人和玩夜偷情，他的每一個撫摸、吮吸、碰觸，每一種姿勢都讓她享受到肉體快樂的極限。情愛欲樂像一條繩索，緊緊的把她和玩夜纏縛在一起，纏得那麼緊，深入到裡面，縛得她破皮、破肉、斷筋、斷骨，還是不能捨離。

而今嫣紅在欲愛求不到的痛苦中煎熬。她已精疲力盡。她很感激那位沒有透露稱號的僧侶，帶她到竹林寺，讓她有了個避險藏身之處，這只是暫時的，三個月過去了，嫣紅以為已避過風頭，魏家不會來找她了。

望著繁花落盡的樹枝，她感覺到自己的容顏隨著落花，一天天老去。然而，她可還是個風華正茂，姿容豔麗，能歌善舞的歌妓，玩夜的心中烙印的是她如花盛開的美貌。

色衰而愛弛，愛弛則恩絕。

她不能等到色衰了，玩夜會不要她的。

一個以美貌聞名的辦姬，年老色衰後，不願早年的情人看到她老去的容顏而拒絕與他會面，那不會是她。嫣紅不會等到形色衰敗後，才幽情暗恨，寫些：春華誰不美，卒傷秋落時，而今惜花深，終日看花看不足，這類的怨懟詩句，自嘆已非昔日復芳之時。

年老色衰的歌妓，下場往往是走向皈依佛門，古寺青燈了此殘生，這也未嘗不是個好歸宿，只是她青春年少，何況心有所屬，連那太守也看出她塵緣未斷。他向她暗示可以帶她離開，反正自知與佛門無緣，學佛無望，守不了條條清規戒律，首先就通不過沙彌戒所受的第七條戒：不歌舞娼妓及故往觀聽。

以色藝事人，歌舞正是她所擅長的。嫣紅對笙歌曼舞無法忘情，她相信憑自己的才藝美貌，離開竹林寺後，不怕找不到容身之處。對，等她把頭髮長好了，她可以繼續重操舊業。

13

寂生來到建康京城時，正是桃花盛開，鱖魚肥的時節。當地的老饕舉起筷子，說：

「鱖魚只能吃和筷子一般長的，再大些就不夠嫩了！」

老饕還向他形容新鮮的鱸魚做羹，其味道之鮮美。寂生食齋吃素，品嘗江南時蔬野菜，芡食薺菜、馬蘭頭，爽口好吃，喝了一口蓴菜湯，鮮美滑口，他但願能在江南待上一段時日，可吃到新鮮的菱角、夏天的蓮藕、秋天的茭白……

寂生信步沿著秦淮河漫走，這條河從東水頭到西水關，穿越了建康京城，沿途綠水逶迤，兩岸朱樓疊起，他發現觸目盡是柳樹和槐樹，此地人以飄逸多姿的柳樹比喻曠達風流的名士，而城中遍植槐樹以之表示對西晉故國山河先人的懷念。

寂生來到內秦淮河與古青溪交匯處的古渡口，這兒因大書法家王羲之的兒子，名士王獻之迎愛妾桃葉渡河之處，而引為美談。

南岸的十里秦淮，商賈雲集，人來人往熱鬧非凡，朱雀橋橫跨著河，這是通往烏衣巷必經之處，橋上裝飾兩隻銅雀的重樓，據說是名士謝安所建。晉室南遷，東晉高門士族王導、謝安等聚居烏衣巷，有人告訴寂生：這裡本來是三國東吳禁軍烏衣營的駐紮之處，因軍士著黑衣故名。

佇立朱雀橋頭，寂生遠望那兩隻銅雀，遙想十多年前那場淝水戰役，晉室保全命脈生死關鍵的一戰。當年北方的胡人秦王苻堅，抱著併吞江南一統天下的決心，親自率領二十萬雄兵南侵，誇稱馬鞭投入長江足以截斷水流。

消息傳到建康，舉國震恐，唯有吏部尚書謝安力持鎮定，統合東晉八萬精銳的「北府兵」軍士渡水急擊秦軍。當敵軍逼至廣陵，京師人心震駭，坐鎮江寧東山別墅幕後運籌帷幄的謝安正在和人下棋，前方來了一封密信，謝安打開看了一眼，一言不發繼續下棋，旁人焦急問道：前方勝負如何？

謝安緩緩回答：「小兒輩已破賊敵！」

神情安然一如平時。他的沉著、膽識為時人所稱頌。遺憾的是像謝安這樣識大體的能臣，淝水之戰後，因孝武帝寵信其弟王道子而受到排擠，不到兩年便抑悶而終。

寂生與早他從覺泉寺南來的兩個僧侶會合，他們帶他朝拜京城的佛教聖蹟：

崇佛的阿育王生前造了八萬四千座塔寺護法，其中漢地有十九處，而供奉佛頂真骨的七寶鎏金寶塔即在建康，他也瞻仰了棲霞寺無量殿供奉的無量壽大佛石刻。

兩位僧侶談起這段時日在京城與名士清談，談玄論佛的心得。

「名士們清談，通常先設有一個論題，比如以老莊、易經三玄中的注釋和哲理，做為清談的主題，相互辯論。」

其中一個說。

「談辯的論題，像是嵇康所倡的養生，借用老莊的古義，順自然而保養，還有他那篇〈聲無哀樂論〉，音樂本身沒有絕對的哀樂，也是名士們流行的論題。向秀、郭象提倡的逍遙義，何晏的聖人無情論，才性之論也經常提到。」

「說的是殷浩的才性四本論，」另一個補充：「才性同、異、離、合，主客講談理義，各執一正一反之理，一共四回合的辯論。辯答時，一方先執一個理由，對方提出詰難，各自固守自己的觀點，防守嚴密如湯池鐵城，無懈可擊，一方要過河拆橋，另一方設法遠揚，避免落入圈套，最後互相揭示持論中的矛盾，逐一破之，再倒過來繼續折衝。

名士們辯談，手中拂塵一拂一揚，嘴裡說著玄言，互相給對方設疑難，看過兩個人正在吃飯，談得正興起，到最精采處，連連揮動拂塵，飯都忘了吃，結果塵尾脫落，布滿了飯菜……」

名士清談，論辯中失敗的一方會將麈尾送給對方，表示自己不如，以示尊敬。

談到江南般若學的幾個宗派，他們認為所謂「六家七宗」都是標立「空」為重點，圍繞在「有」、「無」、「本末真俗」的論辯。支愍度的「心無宗」、以及相信一切諸法皆同幻化的「幻化宗」，以及于法開的「識含宗」所持三界本空，他們把這三宗歸併在一起。

竺法深所倡導的「本無異宗」認為萬物從無而生，與老子「天下萬物生於有，有生於無」的說法相符合，是利用老莊哲學來講佛學。

聲譽最隆，影響清談名士最深的，首推支道林的「即色宗」。

支道林被比喻為竹林七賢中的向秀，思想淵浩深遠，詩文風采優雅，他倡議的「即色宗」不直接否認客觀世界的存在，而是著重論證外在事物本性並不自有。在他所著的《即色遊玄論》，提出色不自空，雖色而空的觀點，物質現象是沒有自性的假有，所以雖色而空。

覺泉寺的兩位僧侶都覺得支道林為了順應玄風，往往過於留意玄學，以致沖淡了佛教之學的本來宗旨。

「支道林的即色論，過於強調保存一個『假有』的世間合理性，這是違背了般若學宗旨，可是卻迎合玄學思潮入世的一面，他以莊子的忘玄無心的本義來解釋般若，把萬物的自然原則都應用到佛教思想上去，簡直把佛理玄學化。」

其實般若學與玄學還是有根本理趣上的不同。玄學無非是要表達世間的道德名教與人的超越的本性是不相妨礙的，般若學雖然講出世間的佛法不能脫離世間法，但強調世間本身的不圓滿和虛幻性，一切不過是過眼雲煙。

道安大師的「本無宗」正是以法性空寂為目的。萬法的本性是空的，凡人執著於外在萬物誤以為實有，以致妄念叢生，如果了解諸法本空，一切煩惱就能息滅，達到虛心無執。

如何接續道安大師遺風，讓佛學藉玄學流風在江南傳播發展，宣揚佛陀苦空的出世思想，引導名士尋求解脫之道，兩個覺泉寺的僧侶覺得任重而道遠。他們發現所接觸到的名士，文人積習很深，對佛理的理解尚屬膚淺，只是把它當作談名理的素材，吸引他們的是佛學細緻的思辨。

「希望有朝一日，名士們能思辨與信仰相結合。」

東晉孝武帝為安置江北南渡的僧侶，在荊州南岸建了東、西二寺，寺院林池飛閣，茂樹名花，廊廡綺巧，更有磚塔一座，裝飾窮精極麗。

寂生在西寺掛單，天未亮，打板聲一響，立即起身披上袈裟，隨其他僧侶魚貫步入佛殿，禮佛三拜，分坐兩側開始晨間靜坐。寂生盤腿而坐，低眉垂眼，練習因行旅在外而荒廢多時的安般守意禪法，從前在覺泉寺時，了悟禪師所教的禪坐法門。

寂生盤腿靜坐，幾天下來，心緒浮動無法專注。他以為是不久前渡船南下，江上遭遇到驚嚇，餘悸尚未完全消除，至今無法進入靜心的狀態。

那天船離開碼頭，沿著江水而下。暮色已晚，行至江心，突然風起似箭，大船隨波鼓蕩，風濤洶湧，眼看就要沉船了，情急之下只有借佛菩薩來保佑。寂生帶領船上的旅人跪下，念誦觀世音菩薩《普門品》：

……佛告無盡意菩薩，善男子若有無量百千萬億眾生受諸苦惱，聞是觀世音菩薩，一心稱名，即時現其音聲皆得解厄。若有持是觀世音菩薩名者，設入大火火不能燒，由是菩薩威神力故若為大水所漂，稱其名號即得淺處……

果真觀世音菩薩聽到眾人的祈請，夜黑風高的海面，出現了一簇簇白色的蓮花，眾人高呼菩薩名號，叩頭感謝，頃刻間風浪平息，船得以往前駛。

又有一次大船誤墮洄流水中，繞著圈子就是轉不出來。眼看船就要沉沒，眾人齊跪甲板，雙手合掌，誠心祈求救難的觀世音菩薩現身。約一個時辰後，遠處山頭火光透亮，接著有一股奇大無比的力量，將船拖出洄流，迴轉船頭向著火光駛去，風停水盡，大船終於平安抵達。

經過這次歷險，寂生對佛菩薩的威神力更是五體投地。

心不得定，寂生更努力修行。夜裡安板聲響過後，寺中僧侶早已入寮房安息，他一人猶在禪堂靜坐，一警覺到心散亂，無法專注於入出息，他趕緊把注意力重新拉回，如此周而復始的反覆，卻始終使不上力。騷動的心緒如隨風擺盪的燭火，飄蕩難收。

清揚的夜風從禪堂門縫鑽進，徐徐吹過來，拂到寂生的臉面，令他感到無比的舒暢。門外皓月當空，如此天月明淨之時，城中士族名士們都在踏著月色漫步吟詩，飲酒作樂吧！

日前寂生被帶去一個江南士族之家參加筵宴，門口一名貴遊子弟斜眼看他，以為寂生憑著一身袈裟企圖混入士族之林，高攀名門，於是毫不客氣的質問他：

「和尚豈可來遊朱門？」

類似的話也曾被問過。僧人竺法深出入宮廷豪門，自稱與皇帝為師友，與丞相王導氣味相投，有次坐在簡文帝旁，被清談名士劉惔故意問道：

「和尚豈可遊朱門？」

竺法深答道：

「你自己才把這裡看作朱門，在我卻如遊蓬戶一般！」

閱歷尚淺的寂生，缺乏竺法深的急才機智，不知如何應對，窘得滿臉通紅。

彷彿有琴瑟聲隨風飄入禪堂，世族之家的遊宴筵席至今未散，焚香的香爐飄起縷縷清煙。宴會上的那個侍女手持香料的粉屑四處飄撒，空氣中瀰漫濃郁的香氣，引發名士寫詩的靈感，隨口吟詠相互唱和助興。一群光豔照人的舞姬魚貫而出，排列在八角亭前，隨著音樂翩翩起舞，賓客眼觀曼妙的舞姿，耳聽悅耳的樂音，嘴裡享受精緻美味的佳餚醇酒……

八角亭餘音裊裊。

覺泉寺剃度出家，寂生閉關靜修，一心摒除俗世欲望，克制浮動的心緒，幾年下來，心多少安靜了下來。來到繁華的建康京城，眼前所見所聞，無不極聲色之娛，高門筵席上那些名士，對生命強烈的欲求，對世俗現世的愛戀，令寂生漠然灰冷的心起了陣陣波濤。

獨坐佛殿，寂生有點後悔出家時把那管長簫留了下來，從前每當月色美好的夜晚，他會吹奏一曲心聲與月亮哀感相應，此刻如有一簫在手，也會紓解他悒悶的心懷吧！嵇康的〈琴賦序〉所說：「可以導養神氣，宣和情志，處窮獨而不悶者，莫近於音聲也。」

嵇康彈琴，他吹簫，道理應該是一樣吧！

14

寂生在一個吉祥好日參訪江南第一名剎——瓦官寺。

瓦官寺的創寺者，傳說是慧力和尚，他的生平無人知曉，於東晉永和年間，到建康京城遊化，乞食素齋，苦行頭陀修行，後來化緣建瓦官寺，寺名得自原為官府管理的陶業處。

另一種說法是：兩朵清蓮得之於瓦棺中，以此因緣而建寺。

竺法汰駐錫瓦官寺，講《放光般若經》，晉文帝及王公貴族都前來聽法，朝野感動，擴建重門開拓堂宇，才有今日的規模。

瓦官寺以三絕聞名：

一為獅子國所獻的白玉佛像，高四尺二寸，玉色潔潤，造型特殊。

二為出自雕佛像名垂一時的戴逵之手的五面佛，佛像是用乾漆夾紵塑造而成。

三為畫家顧愷之所畫的維摩詰像壁畫。

寂生在朝聖的人潮中找尋那位年輕風雅的名士，他是應江南世家之子顧迅之邀約而來。

出身於江南三大家族之一的顧迅，身為名門文士，他無心於經世政治，很慶幸自己生逢其時，環顧周遭，丹青神韻藝術書畫，名家如燦爛的群星：陸機的文學詞章，王羲之、王獻之的神品書法，顧愷之形神兼備的人物畫……由於帝王雅好藝文，招攬文人雅士，烏衣巷的謝氏家族，不時舉辦各類吟詩書畫欣賞，彈琴博弈，文學藝術一片蓬勃。他尤其醉心於玄學清談，那天在豪門筵宴上，顧迅看到寂生一身僧衣，主動上前與他攀談，說起前不久他還到石城山憑弔支道林的墓園，感慨墓地墓木已拱。顧迅崇敬這位佛門高僧，遺憾其生也晚，沒能趕上一睹大師與名士談玄論道時的風采。

寂生對這位佛門清談大師的生平頗有所聞：

支道林幼隨家人從北方南渡江南，隱居餘杭山飽讀老莊玄學，二十五歲剃度出家，師父為西域月支人，改姓支。駐錫白馬寺時注解莊子的〈逍遙篇〉，他對郭象注中有一說「各適性以為逍遙」不以為然，辯說：「桀紂以殘害為本性，如果逍遙，那麼他們也很逍遙。」

這見解打破玄學傳統逍遙論，令群儒舊學嘆服，讚譽他是王弼、何晏的衣缽傳人。大書法家王羲之恃才自負，開始並不把他放在眼中，一直到聽他說〈逍遙篇〉才大為嘆服，為之披襟解帶，留連不能自已。

謝安聽了支道林講經後，激動的稱譽道：法師所講，略其蕪雜，而取其駿逸，善哉！

顧迅翩然出現在寂生眼前，只見他頭戴白色綸巾，身穿寬大衣袍，腳蹬木屐，神態風流優雅，江南世族的貴族氣派展現無遺，不難想像他與名士清談論玄，一邊手揮麈尾，瀟灑脫俗的氣度。顧迅口吐玄言，辯才無礙，所做驚俗高世之談，遠近流傳，仰慕他的少年們無不爭相傳寫，以得一言為無上光榮。

寂生親眼看到他在一次宴席上，與人熱烈交鋒辯談，只見他高談闊論，無暇動箸，桌上的食物冷了又熱，如此來回四次。

顧迅說的是一口雜有吳音的洛陽話，人稱「金陵語」。

「支道林曾經駐錫瓦官寺，生前常與各地來的高僧在這裡答辯，用佛理和玄學名士清談交鋒！」

顧迅對當年支道林的講經論法無限神往：

「聽說支大師對佛教教義的詮釋，並不拘泥於章句，常常在義理上加以發揮，所以受到當時玄學家的嘆賞喜歡聽他說佛法。」

徘徊殿閣，寂生想像昔日高士名僧萃集寺中，相互辯答的風情，一邊隨著顧迅帶他去觀賞瓦官寺「三絕」之一的顧愷之的維摩詰像壁畫。他頗以這位當世才俊、又是本家的大畫家為榮，向寂生說起壁畫的由來：

瓦官寺落成，顧愷之才二十來歲，寺中住持化緣請每人佈施十萬，顧愷之應承百萬，眾人以為他說大話。畫家要求寺方給他一面壁，顧愷之花了一個多月的時間完成維摩詰像。畫好後先不點睛，告訴寺僧說，第一天來觀賞的要佈施十萬，第二日五萬，第三天開戶供人參觀，畫像光照一寺，人人爭相佈施，很快就籌得百萬錢。

顧愷之首創維摩詰有清羸示病之容，他以緊勁連綿，如春蠶吐絲的線條，以形寫神，表現人物內心活動與表情動態的複雜性。

顧愷之畫人像，數年不點睛，嘗說：

「四體妍蚩，本無關於妙處，傳神寫照，正在阿堵之中。」

阿堵是吳語，顧迅為寂生解說：意思是「那個」，指的眼睛。

他還說：「手揮五弦易，目送歸鴻難。」

顧迅提起他最近親眼目睹顧愷之的〈竹林七賢圖〉。

「是為京城郊外一座皇陵的陵寢的磚壁畫的，我看到的粉本。」

他興致勃勃的形容顧愷之如何表現七賢談辯玄理的神情笑貌。

人物用單線勾描，線條屈鐵盤絲，十分精美，傳神地刻劃出七個人物性格特徵和精神氣質：撫琴的嵇康長嘯忘形，傲岸旁若無人，阮籍手持酒杯，陶醉其中，王戎則一副悠然自得的樣子，阮咸彈琴，向秀倚樹沉思，黯然神傷，唯酒是務的劉伶醉態可掬……

「在大畫家的筆下，七賢一個個神形兼備，一個個活了過來，」顧迅說：「你能想像竹林七賢被雕刻在帝王的陵寢，和兩漢的神仙、忠臣義士並列，被殺頭的嵇康的人像，竟然嵌在皇陵的畫壁，你想想，七賢既無戰功，又不具有神通法力，卻憑著節操和人格，成為人們心目中的理想和榜樣！」

七賢之中，顧迅最心儀嵇康，他遁跡山林，寄情山水，遊心太玄，堅決不仕，山濤推薦他到司馬氏任官職，他卻以長文與之絕交，無怪乎時人形容他：

「其為人也，岩岩若孤松之獨立，其醉也，傀俄若玉山之將崩。」

那晚在豪門宴筵上，寂生謙稱自己稍解音律，偏愛簫聲，削髮出家前每日吹長簫以紓解胸中臆氣，讀到嵇康的〈聲無哀樂論〉曾經引起他不只對音樂，也對人生開始有了不同的想法。

「心之與聲，明為二物」，人的哀樂是一回事，聲音本身又是一回事，同一音樂可引起不同的感受，有人聽了感到快樂，反之有人感到悲哀。嵇康在文章中指出：哭聲不一定悲哀，歌聲也不一定歡樂。是非真理是相對的、不可知的。

他這種不同尋常的論說，令寂生沉思良久。還沒找到答案，他就棄盡塵緣，把一直陪伴他解悶的長簫留下來，上山剃度出家去了。

雖說如此，顧迅卻找到了知音。他很認同嵇康樂論中所強調的音樂是獨立自覺的藝術，否定儒家以禮樂作為移風易俗，教化百性的工具。

看完壁畫，兩人登上瓦官閣，視野大開，極目遠眺腳下的京城欣賞風景，顧迅跟寂生說：

「鍾山對北戶，淮水入南縈，此刻風平浪靜，你可以想像風浪大時，白浪可高於瓦官閣嗎？」

離開瓦官寺，寂生回掛單的寺院途中，回想剛才顧迅提到去膜拜埋骨寺中的阮籍墓塔，卻被自己拒絕了。

竹林七賢之中，他對嵇康的景仰始終如一，其他幾個竹林名士的言行，即使在他出家前，就已經不能完全苟同。

母親在世時，寂生事母至孝，聽說阮籍母親去世時，他正在與人下圍棋，堅持下完棋才離去。回去後飲酒三斗，有人前往弔祭，阮籍大醉，散髮坐在床上，並不哭泣，反而是客人痛哭悼念。守喪期間，在晉文王座前，大口飲酒大塊吃肉，完全不守居喪禮制。

顧迅卻為他辯解，說是因為服了寒食散，必須喝熱酒吃肉。

寂生對他這種行徑很不以為然。

顧迅卻說阮籍沉醉酒鄉，其實有他的苦衷。曹爽被司馬懿篡位誅殺，嵇康在與山巨源絕交的書信中，指出司馬氏的皇位與其說是曹爽禪讓，其實是他橫奪而來，結果隱居山林的嵇康被捲進政治的漩渦，最後慘遭殺害。

阮籍不問世事，終日縱酒昏酣，才免於致罪。為了拒絕司馬氏之提婚，大醉六十日。

「天下多故，名士少有全者，終身履薄冰，誰知我心焦。」

顧迅讀了阮籍的〈詠懷詩〉，才知道他內心深藏的苦惱與恐懼，是何等的深沉。

「他並不是沒有用世之志，只因世道艱難！」

顧迅說。

母親去世，阮籍傷心到哀毀骨立，吐血不止，他何嘗不難過哀悼，只是他不願遵從司馬氏提倡的名教，以孝治天下，篡位弒君的司馬氏，無法以儒家的忠誠召天下，便以孝道禮法號召。阮籍以孝是自然之心，情比禮更重要，人倫關係講的是至情至性，無須遵守不合情理的世俗禮儀規範。

聽了顧迅對阮籍的讚嘆，寂生陷入沉思。

15

竹林寺講經說法的愛道尼師，剛講完《小品般若》，這次說法吸引了洛陽遠近不少學法的徒眾，愛道尼師自覺對經中所論的空義有了更深一層的體會。

愛道尼師講經渡眾，她效法天竺禪宗四世祖優婆毬多，他曾蓋了一座石屋，每渡一人，就將一根竹子插在石屋內，渡眾無數，最後那石屋再也插不進一根竹子了。

講完經，愛道尼師到竹林寺後院舒散身心，她喜歡這枝葉扶疏的庭院，草木任其生長，不加修剪，完全一派自然田園風光，不像洛陽其他皇親貴族捨宅捐地建造的佛寺，其中遍植奇花異木，極盡花木園林之盛，把寺院修整得像美侖美奐的花園。

漫步庭院，愛道尼師深深吸了一口氣，大地回春，觸目一片昂揚綠意，撫摸綠茵草地，回味不履生草的那一次的體悟。那一回閉觀禪修，她特別精進用功，整個禪修期間她都坐在蒲團打坐，夜不倒單，到了最後一天，因緣成熟，心眼頓開，有如電光石火。那麼一瞬間，天空突然閃亮了，眼目被無明蒙蔽、在黑暗中摸索的愛道尼師，就在那剎那的閃光中，看到了前面的道路。

愛道尼師走出禪堂，出去看看外面和先前有什麼不同。

她伸展雙臂，把陽光吸進肺裡，心中充塞無可言喻的充實和喜悅，與佛法相應，念念分明，任運自然，大地上一草一木都可愛極了，每一株樹每一片樹葉都在朝著她微笑。她不敢抬腳踐踏草地，體會到不屨生草的禪家境界。

與大地同根，多麼美妙！

愛道尼師深深吸了一口氣。她發現園中剛種不久的一棵桂花樹，歪斜到一邊，彎下腰伸手把它扶正。正想找支架把它撐住，看到水井旁坐的女子，示意她上前幫忙，那女子卻對愛道尼師視而不見，雙手托腮，眉頭緊蹙，陷在沉思之中。

一直到聽到呼喚聲，女子才回過神來，起身幫忙。愛道尼師看她身穿俗衣，尚未落髮。

「喔，剛來不久吧？還習慣嗎？」

「暫時借住的，在香積廚幫忙。」

自稱俗名嫣紅。

愛道尼師點點頭，得法眼的她看出嫣紅一臉困惑迷情，年紀輕輕，已經身心染著深憂，但眉宇間又透著聰慧。又一個被欲望渴愛糾結交相逼迫，擺脫不了活在惱苦之中的可憐女子！

竹林寺的後院野草，在一陣雨後任情滋長蔓生。愛道尼師讓嫣紅拔除枯草，望著黃昏的天空，一縷飄逝而過的白雲，愛道尼師閒閒地說：

「啊，那朵白雲，最好不要飄走，多麼想留住它，」指著香積廚煙囪飄出的裊裊炊煙：「但願能抓住那白煙！」

她轉臉問嫣紅：

「可能嗎？」

被問的緩緩搖了搖頭。

「好像世間的事不是妳想怎樣，就能怎樣，對吧！」

然而，嫣紅多麼希望美好的事可以長久不變，這種想法驅使她不斷地去追逐，期待那種美好的感受，希望能夠重溫。

「很可惜我們不能隨心所欲，世間的一切本來就不能擁有，想擁有，就有煩惱。人的痛苦就是想要擁有，可是卻沒有辦法有。」

愛道尼師說到她心裡去了。失去玩夜，她就失去快樂，不想放棄，想見他又不能實現，使她陷入沮喪痛苦。

拔完枯草，愛道尼師把手伸進水桶中，洗去手上的泥土。

「在水中洗手，水不會留在手上，妳掌握不了它，也無法擁有。」

世間如流水一般，遷流不息，沒有一個原點讓妳回去。生命難以掌握，一切都在變，一廂情願地認為一切事物、情感都是恆常不變，必須緊緊抓住才會感到安全，這種想望正好與佛法、事實顛倒相反。生命本來就不圓滿，有太多缺憾，一切的苦難憂患無常都是生命的實相。

人有八種苦：生老病死苦、愛別離、怨憎會、求不得苦、五蘊熾盛苦。嫣紅正受著愛欲求不到的煎熬之苦。

竹林寺講經說法的愛道尼師，出家的過程頗為傳奇。從小聰明好學，嫻靜虛淡勤讀佛經，不願成婚，在朝為官的父親憂慮女兒的未來，向西域來的神僧求教，神僧要他回去潔齋三日再來。父親從命，三日後再求見，神僧以胭脂磨油敷在父親右掌，令他細看，掌中呈現一僧人在為大眾說法，形狀與女兒相似。

「此是君之女先身出家利生之往事，既如此若從其志，當榮拔六親。」

於是允許女兒剃度出家，父親升了官。

她的師父竺道馨尼師當沙彌尼時即能為眾人講經，二十歲受具足戒後，蔬食苦節，駐錫洛陽東寺，雅能清談，被有志學佛之士共尊為師，為漢地第一位講經的尼師，尤其擅長《小品般若》的描述。

愛道尼師追隨師父，發願以講經渡眾。

漢地禪法的傳承，從安世高所翻譯的上座部的安般守意，專注一念息到康僧會，都一脈相承，可惜傳到道安大師時，法脈就中斷了。佛門慨嘆對天竺禪法，既不明究竟，又無有傳授。

等到鳩摩羅什入長安，道安的弟子僧叡立即登門求教。

鳩摩羅什綜合了各家禪法，編譯了三卷《禪要》，視修行者之情況分別以五門對治：

一、貪重的人，應修習不淨觀。

二、嗔重的人，應修慈悲觀。
三、痴重的人、應修習十二因緣觀。
四、尋思重的人、應修習安般念息。
五、平等一般的人，應修習念佛。

鳩摩羅什的五門所用的材料，是從世友、馬鳴等人的禪要之中，鈔集而成，他的禪法沒有師承，不講源流，不得宗旨，無所專宗。禪家有五部之異，各部各有自家的禪法，比較起來各有深淺，就學的人應該清楚這些關係，了解其本源，否則無從傳授學習。更何況禪法的典籍，要義深隱，必須有人指點教授，才能得到所宗，否則就會失去根源宗旨，產生增上慢，自以為是。

竹林寺的愛道尼師也曾為找不到一脈相承的禪法，無從按次第修行而苦惱。

因緣不可思議，一部上座部說一切有部系的禪法精要，輾轉傳抄，從長安流傳到洛陽，落在愛道尼師手上。

傳說著述這部禪法的大師佛馱跋陀羅，漢地稱他為覺賢，族姓釋迦，是釋迦牟尼佛叔父甘露飯王的後裔，才智聰慧，修業精勤，博學群經，少時在罽賓受業於禪法大師佛大仙，年紀輕輕便以禪律馳名。

後秦僧人智嚴西至罽賓，目睹當地眾僧談吐不凡，見地也非漢土所能比，便慨嘆道：

「我諸同輩學習大法的弘願已備，只可惜難遇真正的師父！」

於是向方丈詢問：

「誰能流化東土？」

被答以：佛馱跋陀羅。

佛大仙亦告訴智嚴：

「可以振維僧徒，宣受禪法者，佛馱跋陀羅其人也。」

禁不起智嚴再三乞請，佛馱跋陀羅答應東來。步行三載，受盡嚴寒酷暑，路經六國，越過葱嶺，來到交趾，搭船沿海路走，途中險象叢生，全靠他先機妙算才度過難關。

最後在青州上岸，聽聞鳩摩羅什在長安，即前去見他，羅什大欣悅，兩位大師相互探討法相，闡發玄微精妙之理。

秦太子泓要聽佛馱跋陀羅說法，便命眾僧集會東宮，聽他與羅什兩人往復問難。

「佛法以何為空？」羅什問。

「眾多微塵形成世間諸物，這些事物沒有自性，所以雖然為物，但也是空。」

佛馱跋陀羅回答。

「既然可用極小的微塵破掉色與空的界限，那又用什麼來破掉微塵呢？」

「眾經師或許能夠分析一個微塵，我的意思卻不以為然。」

「微塵是常存的嗎？」

「以一微的緣故眾微才空，以眾微的緣故一微才空。」

當時寶雲傳譯，不知什麼意思，眾僧以為佛馱跋陀羅是說微塵常存，後來長安學僧請他再詳加解釋，他說：

「萬法都不能自生，都是因緣和合的產物。因有一微才有眾微，而微塵沒有自性，故稱為空。」

佛馱跋陀羅表示微塵不可能常在。這和鳩摩羅什以為佛法中都無極微之名，緣起性空的見解相去甚遠。

鳩摩羅什的般若思想認為：諸緣生法即是無我，即空，無自性，不可得，如夢如幻，而生死，五蘊實不生不滅，不一不異，不來不出，畢竟空，無解脫亦無繫縛。

兩位大師對法的見地不同，行事作風亦有差異。羅什門徒眾多，往來秦王宮中參與譯經各種事務，佛馱跋陀羅在長安弘揚禪法，接引聞風而至的遠近僧俗，但偏守靜默，自守清靜。他的禪法與羅什的不甚相契，到長安傳法不久，即受到關中舊僧的排擠，並借機興端。

佛馱跋陀羅自覺有如漂於水上的浮萍，去留都極容易，只遺憾在長安有志未伸，當下率領慧觀等四十餘人赴廬山。慧遠久聞他的大名，知道他來歡喜異常，如遇故舊，請他翻譯《修行方便禪經》介紹宗於一家，說一切有部有次第的禪法。

竹林寺的愛道尼師輾轉到手的禪經，便是佛馱跋陀羅親受教於佛大仙，而佛大仙是達摩多羅的傳人，這樣一部傳承有序，一脈相承的五門禪法。獲得佛馱跋陀羅的禪經手抄本，愛道尼師遵循禪法次第修行，在一次甚深禪定中，達到清淨安定，柔軟隨適的境地，靈光一閃，剎那間彷彿瞥見了她的前世，然而，才一瞬間那份覺照力隨即消失。

這個難逢的機遇，使愛道尼師醒覺到自己生生世世以來，無明煩惱未能斷盡，輾轉於生死三界五趣之中，一世又一世不斷的出生，又老死，在輪迴中生生滅滅。

16

旅遊書上介紹南京的小吃，形容甘家大院的鴨血滷豆腐乾，色澤金黃，軟綿入味，令人食指大動。按址索驥，來到一條普通的巷子，走到底門口掛著紅色的燈籠，看似不怎麼起眼的白牆黑瓦，一走進，竟然是一進又一進走不完的深宅大院。這座解放後歸於人民政府所有的大宅，原來是金陵望族甘家的宅第，建於清朝嘉慶年間，帝王封建時代限制老百姓民宅不得超過百間，甘家大宅只能說是九十九間半。

甘家書香傳家，藏書樓的十六萬部古書，太平天國時損失大半，其中包括一部金石錄，是金石學的重要著作，為詞人李清照的夫君趙明誠所著。

一跨入院落之間的第一個天井，我立即愛上它，窄窄長長，地上鋪著青石板，雅致整潔，角落斜竄過一株紅花點點的石榴樹，再穿過幽暗的房間，下一個小天井，種的是桂花，再下一個杏花……大院每一個天井種著不同的花樹，想像早年住在大宅的主人，何等賞心悅目，一年四季都可聞到不同的花香！

我經常選一個天井，坐在花樹下注視日影緩緩從一塊青石板移到下一塊，打發時間。

一個模糊的印象浮上來，小時候看到的一幀黑白照片，先祖拍的，據說是用當時先進的萊卡相機。年深日久，泛黃的照片依稀可辨識出以花園做背景，兩隻一雌一雄的孔雀在草地上漫步，曾叔公指著照片上開屏的孔雀說：

「這隻是公的，多漂亮，這隻是母的，尾巴像掃帚，有夠難看，像妳！」

說著曾叔公拉了拉我沒長齊的馬尾。

這兩隻孔雀是從伊朗進口的，曾叔公告訴我伊朗古名波斯，孔雀是他們的特產，先祖的花園還養了從南洋來的珍禽異獸。

我的先祖是前清的秀才，生前在老家建了一座三落大厝，還修整了一個種滿奇花異木的花園，取名「月盧」，假山奇石磊磊，水池可駕小舟，池中還有一座八角形的亭閣。據說大厝與建霧峰林家祠堂為同一匠師之作，先祖不惜工本，從泉州運來一船船具有閩南式特色、顏色橙紅寬扁的磚，砌出線腳細緻美觀的一堵堵牆。門廳木作考究，多用樟木檜木等上等建材，窗櫺雕刻的花鳥走獸更是巧奪天工，院落之間的天井有過廊連接，各種桂花、含笑、玉蘭等花樹，一年四季可聞到不同的花香。

我的曾祖父留學東京，娶了房東的女兒帶回家，他為大厝增添了日本味道，庭園入口的紅漆鳥居，兩旁整齊的日本松，曲橋紅櫻，以此撫慰日本媽的鄉愁。那年嘉南大地震，燕尾式的官宅屋脊被震塌了一角，紅磚牆也多處龜裂，曾祖父用日治中期開始流行的水泥、瓷磚修復，結果拱廊的水泥柱與木雕的窗櫺形成強烈的對比。

「月廬」在日本時代安然無恙，國民黨撤退台灣，附近文祠不夠軍隊駐紮，把我們的大水池填平，用來紮營，以後幾次市區改建，庭園的假山被納入新闢的公園。我們這座拱橋亭榭的庭園換得的是貼了一牆的獎狀。

「月廬」一雌一雄一對波斯孔雀的花園，到了我這一代只留下一幀泛黃的照片。

國民政府實施的「三七五減租政策」，令我們失去了世代相傳的大片土地。本來計畫在大陸實施的這個土地政策，卻因受到地主強大的壓力，連減租的條文都來不及公布，便煙消雲散。國民政府遷台後，陳誠靠外來權力，在台灣沒有人情包袱，不受特權壟斷控制的條件下，得以隨心所欲的進行土地改革，實施耕者有其田，讓佃農承租農地，藉此收買民心。

「三七五減租政策」一實施，政府徵收地主名下大片田地，將之收歸國有，地利的盈收大部分歸入官方，政府成為收租的大地主。陳誠實現了在大陸無法實施的土地政策。

短短幾個月，我們家祖傳的幾百甲土地被政府徵收，歸為國有，換來的是政府頒發的獎狀匾額。痛失祖產的祖父傷心之餘，把我父親送到巴西，父子在火車站道別。

「你眼睛所看得到的，從這邊到那邊，」祖父舉起手臂，從左到右劃了一個大圈：「通通都是我們家的地，乞丐趕廟公！」

歷史是在不斷的重演。

國民黨政府徵收台灣地主的土地，使我想到：

當年西晉王朝因八王之亂，招致五胡亂華，晉室被迫南遷。琅琊王司馬睿稱帝，為晉元帝，他本屬西晉宗室遠支，位輕人微，並不受吳人的擁戴，江南高門對他一開始採取觀望態度。宰相王導為樹立天子威嚴，選三月三日建康老百姓傾城而出，踏青宴飲的春遊上巳節，安排晉元帝身著華服，乘肩輿簇擁出遊，向當地吳人顯示威嚴，江南士族懾服天子威儀，這才俯首跪拜，向晉元帝稱臣。

東晉王室為收買人心，任用江南賢才，挑選有威望的人擔任刺史，減輕賦稅。王導更放低身段，學吳語，與南方士族交往聯姻。

然而，從元帝初年到隆安八十年間，朝中要職沒有一個本地士族，甚至連帝都所在之地的荊州，吳人也無法染指。江南才俊雖然位至卿相，也只在元、明、成三朝，而且從無進入權力核心，從未掌握政治支配權，或涉及軍事的權力，特別在地方重鎮的領導權，全由北方門閥把持一手壟斷。

北方的貴冑士族帶著部屬軍隊、門生賓客南下，他們憑藉擁戴東晉王室的名義，借上以凌下，喧賓奪主，不僅在政治上壟斷實權，經濟上也毫無忌憚的掠奪。這些僑寓士族肆意兼併江南八方園田，占領廣大肥腴的土地、山河森林，甚至侵奪農民耕地，強行吞併，恣意拓展私產，屯封山澤，不僅擁有廣大肥田，果園菜圃，魚塘竹林難以計數，更在據為己有的土地上，建起一個個跨州越郡的莊園，有些莊園主的產業竟然包括南北兩山，園內遍造假山陂湖等風景勝地。

東晉朝廷必須仰賴門閥豪族，不敢干涉，只有坐視這些僑遷豪門占山封澤，兼併土地，隱藏奴婢民戶。

江南百姓為了家園，不止一次進行軍事行動，反抗外來統治。這些舉兵肇事者都是屬於社會下層的寒賤庶民，當地的士族豪門卻因階級優越感，而不願與卑下的寒賤庶民同謀為伍。

淝水之戰後，東晉王朝的命脈得以延續，江南局勢安定，庶民寒族又躍躍欲動，企圖以武力暴亂來表達對僑寓門閥的不滿，屢次製造事端。階級矛盾一觸即發，寒族的舉動還是得不到江南士族的苟同。

這種現象其來有自。早在當年吳國被西晉所滅，東吳亡國之君孫皓投降，金陵王氣黯然收場，晉武帝設宴慶功，亡國之君向新主敬酒：

「昔與汝為鄰，今與汝為臣，上汝一杯酒，令汝壽萬春。」

當年同為帝王，而今淪為階下囚，何等傷感無奈！

原本一國之尊的江南吳地士族，享有政治經濟特權，被滅亡之後，都城從一國的政權中心變成西晉的邊郡之地，淪為任人宰割的亡國奴。吳國被滅，吳人為了家園國土，曾先後三次進行軍事行動，反抗外來統治，舉兵者皆為寒賤庶民，江南士族寧願接受新政權的統治，也不願與階級卑下的寒賤庶民同謀為伍。

晚近的南京學者讚揚江南士族心胸寬廣，對他們寧願放棄狹隘的地域觀念，接納南渡政權的統治給予肯定的態度，華夏文化的傳統在五胡異族的侵略下，有幸移植到江南，保存了中原正統文化的傳承。尤有甚之，華夏文明與新的土壤交集融合，為中國文化開拓一個嶄新的局面，江南人應該以參與華夏文明的再創造為榮。

真的是這樣嗎？

17

愛生則苦生。

人之所以流轉生死，愛道尼師說，因為有渴愛，所謂：「愛染不重，不生娑婆。」

我們生而為人，有情愛的特性，痛苦、煩悶、恐怖、悲哀、失望都是與生俱來。人本來就不是生而完美的，世間本來就難得圓滿，這就是生命的缺陷，充滿了痛苦。在還沒有了生脫死之前，人就是一生又一生，在三世中流轉，無邊無際的輪迴。

愛生則苦生。

時間一天天過去，玩夜不在身邊，嫣紅逐漸能夠比較清楚來看這一段戀情不是絕對的美好。

為了屈服於情欲的渴求，欲愛的滿足，她必須忍受玩夜對她的粗暴。

每次他跳完胡舞，興奮未息，玩夜把她拉到隱蔽的戶外，幕天席地的野合。他像隻發情的野獸，拱起背脊，汗濕的胸緊緊貼住她，整個頭埋在她的腋窩，拚命吸嗅，說女人有多好聞。

才一說完，立刻又變臉。

「妳賤人這條命是我給的，沒有我拿餅餵妳，妳早就餓死了！」

玩夜騎在她身上，說他擁有她，他是這女體的主人，要嫣紅心悅誠服的任他駕馭。

「哈，還神氣嗎？高門貴族，呸，還不是在我下面！」

玩夜數說從前她的姿態有多高，家破後，被賣入魏府，起初還自恃出身貴族官宦之家，要求自己一舉一動合乎仕女教養，講究家法門風，根本不把他看在眼裡。玩夜最恨的是她以為自己是魏陽公的孌童而鄙棄他，她不肯紆尊降貴，玩夜坐過的地方，嫣紅死也不肯下坐，還向別人說：

「從前在我們家府邸，有個寒門出身、後來當官的寒士上門來拜訪，我父親不僅不和他同坐，那人離去後，父親下令把他坐過的榻拿去燒掉。」

她看出玩夜對自己眉來眼去，有了興趣，於是告訴他一個故事：

有一次她和姊妹們出去串親戚，天黑了，披星戴月舉火而返。一個青年看上了她，到家來提親，她父親問清那人的身世，當下拒絕。

嫣紅告訴玩夜：「為了防止家世血統混淆！」

此刻騎在她身上的玩夜，憤恨地拉扯她烏雲一樣的頭髮，發洩他滿心的怨恨：

「還敢瞧不起我？說我是胡人！」

恨恨的揪住嫣紅的脖頸，扭斷一樣的拗轉到一邊：

「把臉轉過去，妳不配看我！」

玩夜朝她吐口水，吐到她的鬢邊、耳朵、眉毛，吐了她一臉，還用穢言穢語來糟蹋她。

被壓在下面的嫣紅無法使自己抽離。她也不願逃離，命運註定她到魏府當歌妓，就是為了遇見玩夜，為了享受情愛，對他的侮辱只有逆來順受。嫣紅死命地抓住騎在她上面的男人，把自己向他擠進去、擠進去……她寄生在他的裡面，她已經完全不屬於自己，唯有和玩夜緊密地嵌在一起，她才感到生命的存在。

嫣紅陷入情愛的網羅，有如陷身葛藤遍布的深草叢中，翻來滾去，渾身被刺得斑斑血跡，她卻無法抽離。

而今玩夜不知身在何處，兩地相隔，嫣紅卻苦苦思念著他，強烈地需要他。她正處於性愛的高原，等不及消退就被強迫分離，她多麼思念與情人在情愛中劇烈翻騰的那種感覺

嫣紅活在情欲的煉獄裡，被困住了。

嫣紅躺在床上，彷彿看見玩夜向她走來，她趕緊擺出最美的側臉，使出媚術來誘惑他。為了害怕失去，她想盡法子取悅於玩夜，變得沒有自己，匍匐於他的腳下，聽任他為所欲為。

為了報復嫣紅從前依恃出身高門，對他的驕慢，玩夜折磨她，故意勾搭府中其他的歌妓，令嫣紅嫉妒得發狂。

他盤腿坐在榻上，雙手抱胸，展現他臂膀凹凸鼓起的腱子肉，招引魏府的歌女樂妓，鼓勵她們向他投懷送抱。真的有女的上前扳開玩夜的雙臂，把自己的上身納進男人的胸，玩夜眼睛瞅著嫣紅，把懷中的女子緊緊抱住，被抱的便虛脫一樣快樂地呻吟起來。

不可遏制的妒意令嫣紅第一次拒絕了他。她蜷縮一角，雙手牢牢抱住膝

蓋，足足有好一會。

然而，到最後還是不得不順從身體的渴望，她閉上眼不願看到自己趴伏在凌亂的野地為自己的淫亂感到可恥。

她繼續與玩夜歡愛，每一次都是出於她的主動，以更狂恣的激情來打擊她的情敵，與她們角力。嫣紅怕失去他，擔心玩夜一念之間不要她，離她而去。他總是那麼來去自如。她是在他的掌握之中。

玩夜以征服女人為樂。他不再和嫣紅跳雙人舞了，故意冷落她，自己找舞伴親熱地廝磨挑逗，嫣紅荒廢了歌舞技藝，整天監視玩夜的一舉一動，躲在暗處跟蹤他，是否去找那個舞女了？

那天魏陽公病危，魏府上下亂成一團，玩夜被叫進去主人的寢宮，她等在門外頭，等了半天才看到玩夜，出來的不只他一人，身旁還有那個舞女。看到嫣紅，玩夜附在舞女耳邊耳語了一陣，才向她走過來。

結果玩夜沒有在和她約定的地點出現。只要她離開竹林寺，嫣紅有信心可以找到玩夜。

18

一晚寂生在西寺佛殿靜坐至中夜，身心疲倦，禁不住打起瞌睡。朦朧中，眼前浮現一個影子，他以為佛陀悲憫自己刻苦修行，顯現瑞相，正為感應見佛而雀躍。歡喜之餘，整個人醒了過來，回想剛才所見，意識到他一心觀想見到的佛，並沒出現，他看到的是一個女子的倩影。

至此寂生不得不承認，他心的騷動不安並非來自南下船上的顛盪，也不是幾次差點致命的海難。這些日子以來，他一直在克制自己的感覺，不讓壓抑在底層的心緒浮現上來。佛殿靜寂無聲，盤腿面對自己，井邊相遇的那個女子的形影一寸一寸的清晰了起來。

一個月前，他拜別師父離開覺泉寺下山的第三天，春寒猶重的暮春午後，他來到村邑附近的一口水井取水解渴，耳邊聽到一陣極輕的響聲。山寺中靜修，使他的耳根格外靈敏，凝神細聽，是輕輕的啜泣聲。哭泣的人似乎警覺到有腳步聲走近，急忙抑止住變成了哽咽。

寂生繞過水井，發現了她。

以為來了壞人，女子舉起防身自衛的小刀，只要來人欺近一步，她就要向自己的心窩刺下去。

看到是個剃除鬚髮身披袈裟的僧侶，她的手垂了下來，扯掉蒙頭的帛巾。蓬鬆的高髻下，兩道纖細修長的蛾眉，臉上畫的是時興的仙娥妝，裙襬下露出一雙膚白如雪的纖足，腳下趿的是沒有後跟的屐，只有歌妓舞女才會穿它。女子微側的臉，使寂生的心動了一下。

憑著記憶，寂生認得這女子正是他出家前，在豪門家門口桃花樹下驚鴻一瞥的那女子，一定是受不了主人虐待而出逃。寂生當下起了保護之心，問清楚她正為無處投奔而發愁，寂生想到城郊的竹林寺。

他向女子示意，要她起身跟自己走。那女子似乎很虛弱，連站起來的力氣都沒有。寂生本能地傾前去就要攙扶她起身，當下警覺到自己是個受過比丘戒律的淨戒人，便又縮回去。

他持律精嚴，遵守十誦律，規定比丘不得單獨與女人共坐。情非得已，戒律規定至少相距兩尋，等於十六尺。他已經靠得她太近了。

他身上所披的袈裟使女子會意過來，自己掙扎著要起身，奈何纏裹沉陷在層層的衣物裡，牽牽絆絆，一時之間站不起身。

寂生腦中閃過戒律中的一條：若遇病痛災難之際，男女比丘可相互扶救。眼前這女子包裹在重重衣裳中，寂生上前攙扶起她，碰到她裸露在外的手。女子找到了依靠，用手抓住他，整個人往他身上斜倚過來，離他那麼近，寂生聞到女人臉上脂粉殘褪的氣味。趕忙閉住氣，關閉嗅覺，寂生暗恨自己功夫如此不堪。

女人依然起不了身。他只好雙手環住她的腋下，隔著重重衣物，把她整個人抱起來；就在這一瞬間，無意間摸觸到她腋下一團軟綿綿鼓起的圓物，剛好盈盈一握。隔著衣物還能感受它的柔軟彈性，寂生的心顫慄了一下。

手指觸到火焰一般，倏地縮了回去，轉過身向前疾走，就要離去。走了十來步，又意識到荒郊野外不能丟下她不管，只好回頭示意她跟上來。許是他身上的袈裟給了她信心，何況又是走投無路，不知去處，那女子勉為其難緩步上前，兩人一前一後走著。

寂生揑緊右掌，想把剛才碰觸到的那種樂受細滑的感覺從指縫中排擠出去。他垂眉低眼，緊閉六根，目不斜視地在前面走著。

幾天奔波露宿，令她心力交瘁疲憊不堪，拖著沉重的裙裾幾乎寸步難行。寂生不得不放慢腳步等著她跟上，好幾次看她差點不支跌倒，他克制自己，再也不敢上前扶她。

來到一處桃樹林，但見桃花盛開怒放，燦爛到不可收拾，令寂生目眩神迷，不由自主地停下腳步。回頭看那女子倚靠在一株桃樹下，她舉起纖手拉開行路時遮面的黑帛巾，露出濃密的髮髻下，長眉入鬢的側臉。寂生回想起出家為僧前，在那豪宅外隨主人春遊的儷人，似乎感到一道向她盯視的目光，那儷人側過臉，朝他的方向微微一笑……

一陣春風吹拂過來，隨風飄揚的花瓣飛了她一身，灑落在她的頭臉衣襟。如此美景令寂生屏息，直至回過神來，紅香散亂，落了一地，花瓣把她趿著屐的纖足襯映得更為雪白。一群人字形的燕子掠空而過，天色將晚，寂生收回心緒，示意女子趕路。

走出挑花林，春寒猶重的野地飄起黃昏的濕霧，愈往山裡走霧氣愈是濃得化不開來，霧氣沾濕了女子的衣裳，她腰間繫縛的層層深衣裙裾沾了水氣，向下沉墜，漸漸轉為沉重。看她一腳高一腳低拖著裙襬舉步艱難，踉蹌前行，寂生只希望趕快把路走完，他知道過了山頭，竹林寺就到了。

行行復行行，太陽落山了，過了山頭晚霞染紅的天邊，隱約可見一座佛殿的屋簷，微弱的鳴鐘擊鼓聲在山野間迴盪。竹林寺的尼師們在做晚課誦經：

「……是日已過，命亦隨減……眾生當勤精進，但念無常，慎勿放逸……」

聽到佛殿斜角鈴鐸的叮噹聲響，女子的臉色霎時轉為灰白。

事過後，寂生回想她的變色，一定是從廟院鐘聲鈴聲中知道自己即將面臨的命運，果然惡夢成真。豪門主人死後，府中歌妓的下場之一，就是臉上塗灰毀容，送入寺院為尼，從此青燈伴佛，無聲無息終老殘生。

那天竹林寺山門前，那女子一旋身，就要往回走。裙裾揚起了塵土，寂生搶到她面前擋住她，不讓她往回走，嘴裡說了些竹林寺是清淨香火所在，外面兵荒馬亂，天色已晚，看來只能在寺院棲身……

寂生說話時，眼睛低垂，不敢去面對那女子哀懇的眼神。

他和那女子對峙，僵在那裡。寂生忘了自己是如何說服她，或是應承了她什麼，最後還是她屈服了，長長一聲嘆息，不情不願地跨入山門，隨他到寺內的知客處。寂生向值班的尼師解釋這女子洛陽尋親未果，孤身在外，自己與她萍水相逢，不忍棄她於不顧，請求竹林寺慈悲收容……

從衣飾妝扮，知客處的尼師一眼看出她是豪門歌妓。佛寺後院也曾收容過主人去世後削髮為尼的歌妓，有的難耐空門清寂而投井自盡，眼前這滿臉倦容，鬢髮不整的女子一看就是出逃的，最後還是被送了來。

請求竹林寺的住持破例收容之後，寂生離開寺院，山門在他身後重重地關上，他以為這輩子再也看不到她了。一走開，就可以把她放下，忘記在水井邊，把她抱起來時，手指碰觸到她胸前那一團軟綿綿的圓物的感覺。

原來他一直沒忘記那女子。

渡江南下的船上，那女子脂粉殘褪的香味一直隨著他，那氣味令他心神蕩漾，除了粉香他還聞到她髮際飄出來的味道。

欲為苦本。

修行是為了斷欲、離欲、斷生死迷惘。出家人禁淫欲是為了解脫由於淫欲而來的久遠生死束縛。

佛成道後最初幾年，僧團根本沒有戒律，出家弟子根器利根，聽了佛陀開示，僅三言兩語點化，立即證入聖位聖果。

一直到成道後第五年，一位比丘由於俗家母親逼迫，與原來妻子犯了淫戒，才制定戒律。

如果故意和女人身體相觸，犯了戒律的大忌，會受下地獄的處罰。寂生很清楚他沒有無故犯戒。

《十誦律》有一條：為了救人雖有淫欲心起，仍不算犯。

這條戒律讓寂生多少安了心。

佛殿盤腿靜坐，夜深人靜，那女子的容顏從他心底最深處，浮現到眼前了。依然是微側著頭，眼瞼低垂，看不清臉上的表情，但見那兩道修長的蛾眉。

寂生心一驚，從蒲團站起身，拔腳向寮房奔去。

業障太重，善根微劣的他，無能伏住淫欲之心，他犯了淫戒，應當如法懺悔。按照戒律，在被舉發之前，應向二十個清淨比丘僧坦白披露自己的過失，以羯磨法來悔除僧殘罪，生極大慚愧心，懇求不離開僧團。

寂生不願被棄於大海之邊外。可是，他在西寺掛單，與寺中南來北往的僧侶素不相識，要向他們懺悔自己犯了戒行，與女人的髮爪相觸，心生邪念，那是需要太大的勇氣。那兩個覺泉寺南下的同修，也不知雲遊到何處，如果知道他們的行止，他會把自己的處境向他們坦誠相告嗎？

擔心寺中一起打坐的僧侶識破他心中的祕密，寂生躲在大柱後，以為柱子的陰影可以遮掩。然而，每當他盤腿打坐，一閉眼，眼前立即浮現那女子的影形。

靜態的打坐，使那女子有機可乘，寂生想到如果把心神集中於身體的動作，應該可以把那女子的影子從眼前驅除吧！從前在覺泉寺學禪，了悟禪師教他靜坐時，如果心緒起伏太厲害，妄想不歇：

「碰到這種狀況，靠靜坐拚命想伏住狂亂的心，等於企圖按著牛頭吃草！」

了悟禪師教寂生起坐，改用行禪來安定身心：

眼光投到四尺前方，注意力放在腳上，提腳、向前、跨步、放下置於地上，向下壓，來回走。走路時，腳步配合呼吸，息入息出，不急不緩，心向內緣，不被外界環境干擾，內心念念分別。

了悟禪師告訴他，佛說有人隨行經行，那人心生愉悅，即得法智。

經行仍然安定不了身心。

寂生起了大慚愧心。他來到大殿中央，對著佛像趴伏跪倒下去，他要以拜懺來對治自已的痴心、貪愛和無明，起人奮發心，起身、拜下，前額貼在地上，拜下、起身、拜下……拜到最後額頭破了，滲出斑斑的血跡。

行住坐臥，那女子的身影始終在寂生左右，如影隨形，揮之不去。

如何澆息翻滾心中對她的欲望？

寂生想到酒。用酒精麻醉，喝到醉茫茫，她的影子就會自動消失吧！

何以解憂？唯有杜康。

清談名士沉湎荒迷，寂生抵達建康的第一天，就聞到空氣裡瀰漫一股酒味。

「使我有身後名，不如即時一杯酒。」

顧迅曾經這麼說：「一手持蟹螯，一手持酒杯，拍浮酒池中，便足了一生。」

酒為五戒之一。

佛陀時代，阿羅漢莎伽陀神力可降伏毒龍，後托缽乞食，誤受信徒以水色之酒供養，途中醉倒。扶他去見佛陀，佛見他躺在地上亂轉，雙腳朝向佛陀，威儀神通力俱失。

「莎伽陀先前降伏毒龍，現在還能折伏一隻癩蛤蟆否？」

佛陀因之制定酒戒。

佛教經典對飲酒之害言之鑿鑿，喝醉酒，同一天犯殺盜淫妄四重罪的故事：

迦葉波佛時，一個守五戒的信士，因口渴，喝了一碗水色的酒，接下來連續犯戒，他殺了鄰居的雞吃，鄰居太太來找雞，他強姦了她，被扭到公堂，他不肯招認，說了妄語。

《長阿含經》之《善生經》第十二：「當知飲酒有六失：一者失財，二者生病，三者鬥諍，四者惡名流布，五者恚怒暴生，六者智慧日損。」

飲酒身壞命修墮三惡道。

寂生沒有破酒戒。

寂生一邊拜懺，一邊想以抄寫佛經來除滅諸罪障。

抄寫佛經的五種功德：一、可以讚法，二、親近如來，三、攝取福德，四、受天神庇佑，五、消災滅罪。

抄寫經書，是為佛事種淨因，養成「戒」功夫，練就「定」力，收攝亂心。寫時心懷誠敬，字字嚴謹慎重，一絲不苟，一筆不容苟簡。抄經首先供花禮佛，下一筆念一聲佛號，達到一心不亂。

刻礪苦修的僧人，視寫血經為最虔誠，用血寫經，每一個字都是出於自身血肉的奉獻，與身心的融入，生命與信仰融為一體，以此淬礪心志。寂生聽說要舌尖取血才適合寫經，舌尖通心脈，可表心誠之意。舌頭濕滑，不容易維持穩定，寂生鼓不起勇氣去試，他以筆蘸墨，正襟危坐，開始抄寫《金剛經》：

如是我聞，一時佛在舍衛城祇樹給孤獨園，與大比丘眾千二百五十人俱。

爾時世尊食時，著衣持缽，入舍衛大城乞食，與其城中，次第乞已，還至本處，飯食訖，收衣缽，洗足已，敷座而坐……

佛門信徒深信這部佛經為經中之王；「聞此經典，信心不逆，其福勝彼，何況書寫，受持讀誦，為人解脫。」寂生恭恭敬敬，一筆一劃地抄錄。抄寫過程中希望能夠更深一層理解經義，一邊抄寫一邊背誦，以期把整部經銘刻在腦中：

……若當來世後五百歲，其有眾生得聞是經，信解受時，是人即為第一希有，何以故，此人無我相，無人相，無眾生相，無壽者相，所以者何，我相即是非相，人相眾生相壽者相，即是非相，何以故，離一切諸相，即名諸佛，佛告須菩提，如是如是……

抄寫經書，絕對不能耽樂書術，增長放逸，此為佛陀所深戒。寫經不同寫書法，取其神趣不必工整，書札體格斷不可用。經卷文字與文人作詩為文筆法自是不同，寂生從前幫洛陽供養人抄寫佛經，便是摒棄氣質俗藝，苦練正楷、隸書，下筆極力符合經卷文字的書體，結字呈扁方形，豎筆細收尾重，有上挑感，捺筆特重近乎隸法格式。

南下建康京城，寂生發現東晉文人的書法，已轉變成為以楷書為根底的楷隸，結體方而扁，喜歡用異文別字，而且風格姿媚，像前一陣子在江南名士顧迅書房所看到的王獻之的法書。顧迅對王羲之的草書佩服得五體投地，形容他運筆如絲裊空飛，圓轉自如，字字飛動宛若有神，他以為書法中草書最能抒發一己之胸襟，表現才情個性。

《金剛經》抄到一半，寂生驚覺他的書法俗世意味重，帶著塵俗的垢滓，距離出世澄懷觀道何其遙遠，很顯然受了名士文人的時尚所影響，運筆張揚靈動，結字姿媚。不僅不是抄寫佛經應有的方正端整，而且筆下的文人氣息，較之當年為高門仕族抄寫四書五經做為藏書還嚴重。

寂生立起身，憤然將筆一折兩段，以絕翰墨之緣。

19

曾諦收到一封電郵，寄信者是他在紐約認識的一個人，姓洪，信中提到他毅然辭去待遇豐厚的電腦工程師的工作，結束異國寄人籬下的日子，準備回東方學正宗的太極拳。

多年前，兩人在紐約認識，洪聽說他對佛法頗有研究，問他哪裡可弄到《老子化胡經》這本書？曾諦告訴他：這本經為西晉道士王浮所著，他眼見當時外來的佛教勢力太過膨脹，吸引無數善男信女，引起道教徒的不滿，於是撰寫了老子倒騎青牛，西出陽關，渡流沙，入天竺化為佛陀教化胡人，這本書明指佛教的創立者為老子，因老子化胡才有佛教。

想讀《老子化胡經》的洪，單身在美國，曾諦每次都看他背著沉重的背包，好像要出遠門似的。背包裡裝的是換洗的衣物睡衣，他擔心萬一掉了鑰匙，晚上找不到鎖匠開門，也沒有朋友可借住，只好住旅館。

拍拍背包，洪苦笑著解釋：「有備無患！」

他看到街上拄拐杖、坐輪椅的人愈來愈多，意識到自己跟著年紀走，一步步走向衰老。偶然看到一張教太極的傳單，列舉打拳的諸般益處，他決定一試，學學宣傳的難老之術。創會的師父來自上海，教的是楊家拳，去世後由幾個美國學生繼承衣缽，繳了學費，洪一招一式跟著美國老師比劃。

為了紀念創始人的冥誕，決定把他從前教學的演講出書，負責編輯的是個土生土長的華僑，中文不識一字，她大言不慚地表示自己是老師生前的翻譯，洪問她是否會聽老師的上海話？被問的支吾其詞，硬說聽不明白可以憑招式動作來體會。洪對這華僑即將編輯的紀念冊的可信性產生了懷疑，當年老師上課，就是由這個不會上海話的女人當西方學生的翻譯，他連帶著對自己學了半年多的太極招式也起了動搖之心，究竟與老師生前的動作相差有多遠？

他對這種竄改挪用極為憤怒，發誓不再踏足那教室一步，只恨自己身居夷人之境，為了平衡情緒，想看《老子化胡經》。

最後他決定回到東方，太極拳的源頭，學正宗的拳法。

姓洪的維護太極拳的純正的決心，使曾謗陷入深思。

生活在地球村多元文化的時代，他相信不同的文化彼此接觸，各取所需，雜交之後，經過相互同化統合，改變了原先的質素，創造出嶄新的風貌。

這種現象比比皆是，曾諦順手拈來，他指導論文的那個研究生，以東晉佛教中國化為題，正是一個中原漢民族與北方的胡人文化相互碰撞最為激烈的時代。

西晉末年，五胡亂華，邊疆的少數民族匈奴、羌、鮮卑等先後向內地遷徙，與漢民族錯綜相處，並在中原建立王朝。胡族南遷，熱中於學習漢族先進文化，匈奴人改用漢姓，說漢語，研習四書五經，表現出汲汲於漢化的熱情。羯族石勒目不識丁，卻優待儒生，實行魏晉的九品中正制，北魏孝文帝更推行鮮卑族與漢人通婚，漢地高門仕族碩學名儒都是籠絡敬重的對象，下了「不得侮易衣冠華族」的禁令，明令胡人改著漢人服飾學漢語。

北方新入遷的遊牧民族，也將草原文化帶到以農耕為主的黃河文明，打破了漢民族原先的封閉狀態，促進了經濟、政治結構，甚至生活習慣的強烈變化。中原的貴戚豪族對胡人的居止用具、服裝和飲食烹調方法廣為採取吸收，對胡人的音樂舞蹈更是興趣濃厚。以畜牧為主的胡族，傳授了漢人駕馭和蓄養牲畜的技巧，引進了牛羊肉及酪漿等北方吃食，本來流傳有序的漢人跪坐禮俗，因胡人重腳坐疊凳而改變。

胡漢從開始對立，經過調整適應，遊牧草原文化為農耕見長的黃河文明注入新的活力，在交融過程中，完成了華夏文明新的拓展。

晉室南遷，所謂「衣冠南下」，華冑豪門避難江南，華夏政權中心從洛陽遷徙到長江南岸的青山綠水之間，又一次碰撞，南北移動，融匯了黃河、長江的江河文明，江東士族不得不放棄狹隘的地域觀念，接引南渡之士，從而使華夏文化傳統在五胡交侵的歷史背景下，全面移植江南，在新的土壤中得到更新和發展。

至此，常飲鯽魚湯喝茶品茗的江南人，數年之後，也認為「羊肉是陸產之最，鱸乃水族之長，所好不同，並各稱珍」。東晉王導喜吃奶酪，王羲之愛吃胡餅，酥油同茶飲相結合，成為酥茶或奶油茶，更是江南人喜愛的飲料。

洛陽的北語在吳語的漸染下，漸漸變得不再純正，南方士族說北語也帶有濃厚的吳越口音，形成一種特殊的「建康語言」。

因地制宜，來自古印度的佛教與盛行江南的清談玄學，也在這時相互會通。印度佛教大乘空宗思想融合魏晉玄學，創立了般若學，開啟了佛教中國化的新紀元。

佛教傳入漢地，起初只被中土視為術數、神通神咒，一直到《般若經》的翻譯，才逐漸吸引文人名士的興趣。魏晉之時，由於世事紊亂，君主互相篡奪殘殺，士大夫在心靈上尋求回到無欲的自然狀態，老莊思想取代了漢代儒家的經學，不問時事，競尚虛無，談玄說理的玄學興起。兩晉之際，玄學本身經歷了貴無、崇有、獨化的發展過程，佛教般若學也依附和吸收玄學思想來發展自己。名僧周旋於清談名士之間，既談般若，又談老莊，用道家的無為解釋佛家的涅槃，與玄學相唱和，名士每每深受佛教細緻的思辨所吸引，愈鑽愈深樂而忘返，般若空慧透過老莊格義玄理，使佛學變成中國文化的一部分。

很偶然的，曾諦在英文網站上看到一則消息，觸目驚心的大標題：

搶救Mes Aynak佛教遺址！

距離阿富汗首都喀布爾東南二十五英里，綿延的山丘下，俄羅斯與阿富汗的地理學家探測出儲存的銅礦居世界第二位。

銅礦上卻掩埋著佛教史上重要的遺址，公元第五到第七世紀，Mes Aynak山麓曾經是佛教勝地，法國考古學家指為：「絲綢之路最重要的一站。」

阿富汗早在此遺址出土超過四百尊佛像，這批重見天日的文物屬於印度貴霜犍陀羅時期的風格，最近考古隊又挖掘出造型特異的佛塔多處、占地一百畝大的寺院遺跡，而這只不過是冰山的一角。地理學家探測出綿延的山谷，分別有十九處佛教遺跡，寺院、佛塔、碉堡充斥，一座石雕被認為是佛陀出家前希達多太子的造像，還發現一座拜火教的神廟，熔鑄的工作坊，銅礦工人住處遺跡。據考證，當年佛教徒因豐富的銅礦而聚居此處，八世紀後荒廢，原因可能為銅礦汙染所致。

Mes Aynak受到矚目，是因為阿富汗政府和中國簽定一項合約，開採埋藏在佛教遺址下的銅礦，本來預定於二〇一二年七月摧毀整個山谷，由於各種因素，包括阿富汗政局不穩，可能延期至二〇一四年底。

拯救Mes Aynak成為關心人類文化遺產之士的共識。

視頻浮現一尊泥塑佛像的殘軀，結跏趺坐，雙手結印置於膝上，佛像的頭部已然不見。薄衣貼體的袈裟，受希臘雕塑影響的犍陀羅藝術風格，這座沒有頭的佛像，幕天席地，坐在寂寞荒涼的泥地上，已經坐了一千多年，袈裟的衣紋經過歲月風霜，已然斑駁破敗，殘留的鍍金閃耀著黯淡的輝煌。

凝視這尊沒有頭的佛像殘軀，曾諦卻覺得祂容顏如生。佛陀垂眉低眼，正在為看不見又無所不見的芸芸眾生說法，塑像胸前心臟裂開，佛陀是在為世人的無明愚痴而痛心吧！

曾諦找來一幅古代中亞地圖。阿富汗連接印度西北部，佛教於公元一世紀傳入阿富汗，經過喀什米爾、罽賓、克茲爾、于闐西域等小國，再經戈壁沙漠，翻越天山、帕米爾高原，最後傳到中國。佛教在釋迦牟尼佛涅槃六百年後，才從西域輾轉傳到中國。

中國的佛學並不是直接來自天竺，而是間接從西域傳進來的。研究西域佛教的學者，早已認定佛陀的經典演說和藝術，無不是西域化了以後才傳入漢地。在傳入中國之前，已在西域各國流傳了一長段時間，各自將佛典譯成本國的文字流通。西域不僅是佛教東傳的一個中間站，更是融合了當地各國的文化習俗、思維方式。

中原漢地所傳的佛學是西域佛學，而非完全忠實於佛陀的原說。

中國第一位僧人朱士行到西域求法，從于闐取回《放光般若經》，以及竺法護所譯的《光贊》，前後這兩部經的譯本並非根據梵文原本，而是轉譯自西域文本。

將梵文佛典譯成西域的某國文字，這種本子通稱為「胡本」。道安大師到長安主持譯經，也是翻譯由西域高僧帶過來的「胡本」佛典，協助道安大師組織和直接參加譯經的，除了他原有的弟子之外，主要就是來自罽賓、龜茲、涼州、車師前部等地的僧人。

鳩摩羅什的佛學也是得自西域。

龍樹論師的中觀與世親的唯識，主要興盛地區是在中亞。羅什的佛學得自西域，他將龍樹的中觀傳入中土，後來翻譯了《大智度論》。書中一些內容和地名都不同於天竺，他對《大品般若》的分析方法和天竺所傳的不同，這都是受了西域佛學的影響。

釋尊的佛法受到不同時代、地域、族群、文化經濟、風俗的影響變遷，表現出思想上、形式上的差異，對不同需求的信眾，便有不同的方便與善巧的教說，加上歷代論師按照個人對佛陀的闡釋，甚至還有各種政治力量的參雜，左右著佛教演變的面貌與方向。

曾諦環視書架上的佛書，多年來他費心蒐集的藏書，他把視線集中在朝南的那面牆：隋唐八家的專櫃，按照各宗各派先賢學者的論著立說陳列有序，為了教學，長年來他認真研讀這些漢傳佛教的典籍。然而，最近一年多以來，曾諦陷入了治學上前所未有的困惑，他發現八大宗派各有一套論述及修行體系，各宗派的信仰有所分歧，教說也不統一，法義更是相互矛盾，卻都冠以「佛陀親口宣說」。

中觀只破不立，唯識偏向哲學思辨，華嚴一真法界，無盡緣起，禪宗主張本有清淨自性的如來藏，念佛往生淨土……

即使同一學派的論師，拿早前一個時代的教說來解釋這一時代的，相互混雜，以致理不清教說的源流、演變和脈絡。

曾諦愈來愈覺得走入了佛學的迷宮。

20

那女子的形影日夜都不離開他。

浮現眼前的是那個身穿雜裾深衣，裙裾飄飄的舞女，一條帛巾把她的腰束成纖纖一小把，想像她舞袖徐轉，翩翩起舞的美姿，寂生起了寫詩的情懷，一首又一首的描寫她的麗質豐姿，曼妙舞姿，也在詩中盡訴相思之苦。

寂生在幻影中看到她蛾眉下的雙眼，垂下兩滴清淚。她一定過不慣白天慕禮朝參，燒香供佛，夜裡禪燈一盞，孤枕獨眠的日子。

綺羅日減帶　桃李失顏色

思君君未歸　歸來豈相識

她在等待著自己前來接她，帶她離開竹林寺。寂生相信這是前世宿緣，這一世來相續。那女子在等他，至今仍未落髮，容顏依然如花。

寂生無法想像她腰繫黃條，穿直裰的出家相。

寂生寫了一首詩，形容她尼寺中的生涯：

春晴階下立　私地弄花枝
喚起猶侵曉　催齋已過時

他起了給竹林寺去信的念頭，信中聲稱那暫住寺中的女子是他的遠親，近日已與家人取得聯繫，託他到寺中領回。寫好的信沒寄出，寂生離開掛單的西寺，夢遊一樣，他發現自己來到洛陽城外的竹林寺，站在山門外。

佇立在那株參天的銀杏樹下，鼓不起勇氣敲門。寂生後悔自己強逼那女子走進山門。當時他一心急於渡江南下，特意迴避她哀懇的眼神，雙手合十，側立山門前等待她踏上石階。山門在她身後重重闔上，寂生以為就此放下她，繼續自己的淨心修行。

而今他又回來了，風情依舊，只有山門前的石階長了厚厚一層的青苔。寂生回憶那個黃昏，當她萬般不情願的踏上石階，裙裾下露出著屐的纖足，膚白如雪，呵，他多麼渴望把那雙纖足捧在自己的胸前……

朝思暮想的心上人被關在山門內，一裡一外，緊閉的重門把自己和她分開，咫尺天涯。

鼓起勇氣敲門，等了大半天，深鎖的山門才「呀」一聲打開一條縫，寂生被那開門聲嚇得後退了好幾步，口齒不清的向應門的說著：那個也像這樣天色的黃昏，他帶了一個女客，謊稱是他的遠親，到洛陽來訪親不著，怕她流落在外，他帶她來暫時借住竹林寺；近幾日她的家人和他聯繫，託他到寺裡來領那女子回家……

應門的請他稍待，進去依照寂生的形容，向知客處查問，好容易挨過地老天荒一樣長久的等待，得到的答覆是搖頭，竹林寺從來沒收容過他所形容的女客。

她不在這尼寺內，怎麼可能？自己明明目送她撩起拖地的裙裾走進這山門的，臨去還轉過臉，幽怨地看了他一眼。呵，他始終無法忘懷的一眼！

她不在尼寺裡，那麼她離開了？到哪裡去了？

虛脫一樣的衰弱，寂生提不起力氣再去敲門。

可是，他又不能就這樣走開。應門的人騙他，他要找的那女子一定還在裡面。寂生仰望高高的門牆，就是這道牆把兩人分隔開來，如果他翻牆而入，自己進去寺院看個究竟？

寂生被這念頭嚇住了。

確信那女子一定仍在寺中。自此他日日守候山門外，在那株參天銀杏樹下一遍又一遍的回憶那女子回眸的那一瞥。那眼神除了幽怨無奈，似乎也在怨怪他帶她進入空門老死一生，而不及時相救，那眼神在祈求詢問他：

如果能帶我走，你願意嗎？

寂生願意。他接她來了。

好容易盼到了這一天，一年一度竹林寺緊閉的山門大開了，四月八日佛誕日，摩耶夫人懷胎臨近產期，路經藍毗尼園，行至無憂樹下，悉達多太子誕生時，大地震動，天雨繽紛。

每年佛誕日，洛陽各大伽藍寺院無不興高采烈，大肆慶祝，各個寺院張施寶蓋，殿側羅列香瓶，張燈結綵，花串水果莊嚴道場。城內的長秋寺抬出寺中所藏的佛陀乘六牙白象降生的佛像遊街示眾，辟邪的獅子在佛像前引路，所經之處有吞刀吐火、馬戲、爬竿，以及不常見的幻術表演。佛像所停之處，更是人潮洶湧的圍觀膜拜。

這一天，清修的竹林寺也在佛殿前舉行浴佛大典，設精美素齋宴席供佛供僧，在陣陣梵樂中打開山門，沿著那株參天的銀杏樹大擺齋宴攝眾，供進香的信徒就食。

寂生夾在人群中，望著開敞的山門，不覺感慨萬千。這些天來他一直希望自己能夠穿過山門進入寺裡，找到他朝思暮想的那個女子，他相信她一定等待著自己來帶她離開。終於盼到了這一天，他卻感到情怯，萬一果真如那天應門的人所說；那女子不在竹林寺內，他能接受這個事實嗎？這些時日以來，思念她已成為他生命的全部，難道到頭來會是一場空？

如果她仍在寺中，就像自己一直堅信的，真的面對面時，他將如何開口，說出自己的想望？

寂生猶豫著。身後擁上來的信徒把他往前推，令他腳下不由自主的上了山門前的石階進到寺內。佛殿前擺了長龍，信徒列隊等著浴佛，舉起一瓢瓢清水澆淋盆中的佛太子身像，借聖水清洗眾生無明的煩惱。這典故來自佛陀誕生時，難陀、優波難陀龍王口吐淨水灌洗太子身。

寂生多麼渴望到殿前掬起一瓢浴佛的聖水，往自己的頭臉一淋，澆息身心的煎熬惱苦。人頭攢動中，他遠遠看到殿前一個招呼信眾浴佛的女子，俗家扮相，頭髮剪得很短。她微側頭，眼瞼低垂的姿態使寂生的心為之一震，太像了，看起來脂粉未施，沒經過修飾的蛾眉彎曲有致，長入鬢邊。是她。寂生撥開人群，擠身上前。

午後的太陽突然穿破雲層，照亮了大地，一道燦然的陽光直射下來，照耀佛殿，那女子籠罩於一片聖光裡。寂生感到氣怯，自慚形穢，竟然停下腳步不敢上前。

21

法忍的驟然去世使嫣紅面對生命的無常。

太突然了，昨天她還在廚房切菜，怎麼一轉眼，活生生的身體轉為冰涼，直挺挺的躺在那裡。她是在半夜離世的吧，睡夢中，嫣紅彷彿聽到一陣呢喃，她以為這沙彌尼是在念佛，她一心念佛，即使睡覺也佛號不斷，說是可攝護身心，不致退心。

黎明前，嫣紅好像看到一尊佛，盤坐在一朵蓮花上，兩個比丘手各執花，站立在她的床旁。一道強烈的白光射過來，她人醒了，以為是在做夢，起身看到法忍還躺在床上，心想她今天睡過了頭。

法忍往生前兩天，跟嫣紅說她做了一個夢：

「夢見來到一個很大的池了，池中蓮花大大小小，有的開得很好，有的枯死了，我問帶我去的師父：為什麼？他說：世間念佛號求往生西方淨土的，才發一念，池中便生一花……」

嫣紅揶揄地說：

「知道了，勤念佛精進的，花便開得很好，懶惰的，」她用手指著自己：「像我，花枯萎，凋謝了……」

法忍的夢境還沒有結束。她問師父來生會生在何處？

「我又走了幾里路，看到一個金碧光明的華台，師父說：如果佛號不斷，念佛得救，念熟觀成，就會金台上品上生。」

念佛往生淨土，阿彌陀佛立下大願，接引虔誠念佛的信徒往生極樂世界。

竹林寺的僧俗二眾群集佛殿，為法忍助念。嫣紅跪在佛前，雙手合十，閉上眼，專注誠心地跟著念佛。佛號聲像波濤一樣，此起彼落，充塞了佛殿。法忍剛斷氣，嫣紅感覺到她的魂魄在虛空中飄搖，阿彌陀佛聽到佛號聲，會前來接引她。

嫣紅投入全部心意，每個細胞都在誠心念佛，整個人沉浸在佛號中，把心安住。嫣紅感受到前所未有的平靜與安定，心中無有恐懼憂苦。

法忍遺容安詳，嘴角浮現笑容，想必得到阿彌陀佛接引，花開見佛，往生淨土繼續修行。雖然是短暫的一生，可是法忍超越了世俗的欲樂，似乎沒有缺憾的離開了世間。如果自己死了，嫣紅想；對於一個沒有學佛信仰的人，她將往何處去？

生命究竟是怎麼一回事？為什麼信仰會有那麼大的力量？她記得法忍生前不止一次跟她說：

信為道源。學佛首先要生起對佛陀的信心。還跟嫣紅說了一個與信有關的故事：釋尊為攝化恆河邊的一群漁民，化現成一個人，踏著水在水面上行走，從那邊走到這邊來，漁民們都很驚奇，那個人說：

「我不過信佛所說而已。」

信根真有那麼大的力量。

想到自己對法忍生前所做的種種惡行，嫣紅心中充滿悔意，晚上重複做相同的惡夢：法忍把糖罐放在水盆中央，用水隔開螞蟻，她卻故意拿起水壺，朝爬行的螞蟻撥去，淹死牠們。夢中法忍嚅動著慘白的嘴唇，念念有詞，她是在令螞蟻超生。

愛道尼師教嫣紅拜懺，在佛前懺悔往昔對法忍所造的惡業。隨著引磬聲下拜、起身、下拜成為嫣紅每日的功課，對自己的種種驕慢，起了慚愧心，在佛前流淚懺悔。

一天做早課時，嫣紅誦到普賢十願中的「請佛住世」，心裡受了很大的觸動，意識到自己的渺小無助，匍匐在佛前，泣不成聲。

愛道尼師看到嫣紅學佛的因緣已經成熟。

「修行就是要往內心觀照，開始了解自己，妳能夠觀察自己的過患，知道慚愧，已經走上修行的道路了。」

嫣紅匍匐在愛道尼師面前，求她指點離苦之道。

愛道尼師給她取了個法名：如慧。

定心是學佛的基礎，也是改變心性的起點。愛道尼師要如慧先定下心來。

「修行是由外轉向內在的探尋，捨除對外在的追求，讓內心不再受迷惑與欲望的糾纏。」

煉心打坐，把煩惱的心澄清安靜下來。

佛陀將眾生躁動不安的心，比喻為簡直就像喝醉酒的野象，橫衝直撞，無法控制。禪修就是將這頭野象圈綁於大柱上，磨掉牠慣於在森林漫遊的野性，慢慢轉化有障礙的身心。

盤腿靜坐之前，首先要全身放鬆。愛道尼師帶領如慧，由頭頂而下，臉頰肌肉，五官每一個部位都要依序放輕鬆，接下來是脖頸與肩膀放鬆。如慧發現到由於焦慮緊張，她的脖頸僵硬，雙肩因日夜有所期盼，以致高高聳起，肩胛骨堅硬如石塊，有如披盔戴甲般的沉重。

光是學習放鬆全身，就費了如慧不少功夫。

接下來愛道尼師教她體驗呼吸，注意出入息，把心念集中在呼吸上，吸入呼出，如慧感覺到了她的心緒忽起忽落，散亂雜蕪，心總是跟自己作對，簡直做不了自己的主人。念頭浮現，像水面上的泡沫，一下子消失了，心有剎那的清明，一不專注，妄想紛飛，趕快注意呼吸，把心拉回來，如此反覆練習。

如慧的心就像獼猴遊樹林，攀捉枝條，放一取一，不斷變換。愛道尼師要她借禪修把心帶回家，身心得以結合為一。然而談何容易，如慧那顆被無明貪欲拘禁的心，任憑她如何努力，還是不肯安靜下來，稍一不慎，即如脫韁的野馬，一有外境干擾她的靜修，心中便充滿憤怒。她對自己感到無比的失望，好幾次想放棄。

「妳不能改變外在的環境，讓它來遷就妳，學佛就是要能夠改變自己。」

愛道尼師教如慧如何攝心，把六根（眼、耳、鼻、舌、身、意）從六塵（色、聲、香、味、觸、法）收攝回來，使妄心無緣可攀，訓練使自己盡量不受外境影響。

如慧依言而行。按照佛陀時代的修行者，在竹林寺的林邊樹下專精禪坐，用功不懈。怕因疲倦而昏沉，眼皮下垂，她甚至爬上水井，坐在水井的邊緣閉目打坐，她知道如此一來，便再也不敢昏沉渴睡了。

就在這口水井旁，幾個月前，她常是抱著水桶依著水井，新愁舊恨齊上心頭，恨不得早日離開竹林寺，好與玩夜重續前緣。那個魏陽公府歌舞雙絕的嫣紅，而今如慧想來，恍如隔世。

經過精進苦修，如慧身心漸漸安止寂靜，覺知愈來愈清明專注。有次打完坐起身跑香活動筋骨，甩擺手臂頭往前傾，愈走愈快，最後跑了起來，跑著跑著，如慧覺得整個人輕快無比。

如慧受八關齋戒，愛道尼師為她說明：「關」者禁閉非逸，關閉所有一切非善事，「齋」指清淨，絕諸一切雜想事。

前五戒之後第六戒：不華香瓔珞香油塗身，第七條戒：不高勝床上坐，作倡伎樂故往觀聽，音樂戲曲皆屬此條，無意中偶然看到、聽到的不算犯戒。如慧從前是魏陽公的歌舞妓，把全副心力投到唱曲舞樂，以展現才華為豪。

愛道尼師說了個故事給如慧聽：

歌舞團主塔羅布吒問佛陀：

「藝人歌舞表演，娛樂大眾，死後可生在歡喜天？」

佛先不回答，問了三次，佛答：

「世人尚未解脫，還在貪嗔痴的束縛中，表演內容不離貪嗔痴，而強化它，就被束縛住了。就像一個人，雙手被麻繩反綁在背後，有人存心為難，不斷在麻繩上澆水，吸水就膨脹，繩結就愈緊，綁得更緊，更痛苦。」

貪著喜樂之物，在它起變化後，產生憂悲惱苦。

「過去妳唱曲舞樂，不要說對別人起了什麼負面的影響，拿妳個人來說，」愛道尼師分析給如慧聽：「以為歌舞是妳的最愛，沒有了它們，生命便失去了意義，妳全力以赴，用這些技藝來填滿妳的心思，便沒有餘力去面對、思索生命本身了。」

愛道尼師以歌舞延伸到她對男女情愛的追求。

「妳的心被妳所愛的那個人完全占據了，便沒有自己。」
修行就是要做到不假外求，不往外抓東西來填自己的心。
愛道尼師說出她深刻的心得體悟：
「眾生欲貪未斷，才需要往外抓東西，否則就覺得空虛。」
她向如慧曉以大義：
「其實妳並沒有真正的擁有歌舞、情愛，所以也不必放棄什麼，只要把想擁有的欲望放下就行了，妳的問題出在於妳對心中欲望的執著，認為那欲望是真的，是妳的，被它所迷惑纏縛，陷在苦惱中轉不出來。」
愛道尼師說。

李姓太守到竹林寺來打齋供養，一個沙彌尼來到他面前，雙手合十感謝施主送衣節布疋，自稱法名如慧。沙彌尼垂眉低眼，那臉型輪廓，尖尖的下巴都令李太守似曾相識。很像一個人，那個在寺中後院的石榴樹下回眸對他一望，令他見而忘餐的那個女子。
真的是她？模樣依然，神情卻很不相同了，好像換了一個人似的。她的臉看起來很乾淨，不是脂粉未施的乾淨，而是一種清雅脫俗的韻致。

那個月圓之夜，李姓太守如約而至，倚在山門外暗黑的角落，等著嫣紅，要把她帶離竹林寺。佛殿誦經聲透過厚厚的山牆，傳到李姓太守的耳裡。一直等到下半夜，她始終沒有出現。到最後等不住了，太守令手下翻牆為他開山門，他看到佛殿燈火通明，尼眾們共同持誦《妙法蓮華經》，這部經是諸天鬼神共同護持的無上妙寶，綿綿密密的誦經聲，好像織成一張無形的天羅地網，把李姓太守分隔開來，使他無法向前欺近一步，最後只好知難而退。

如慧落髮出家前一天，來到竹林寺後院的水井旁，掏出懷中那支半月形的玳瑁梳，這支梳齒薄、齒端削尖的梳子，是她家遭難的那個晚上，她從大火中逃離，唯一帶出來的東西，幾年來一直相伴，從不離身。

吸了一口氣，她讓那尖尖的梳齒，最後一次輕觸掌心，一揚手，把它丟入水井裡，與過去訣別。

抬起頭，被雲層密蓋的天空，突然露出空隙，透出一角的藍天，才一瞬間，又被飄湧過來的烏雲遮蓋了過去。

離苦解脫之道何其漫長。如慧總算踏上修行的道上了，她發願此生要用所學的佛法知見勘破迷情，不斷地轉化自己度越煩惱。

22

自己將何去何從？寂生捫心自問。

他不能回覺泉寺。寂生無顏面對了悟禪師。

想當初，與自己相依為命的老母親驟然去世，頓然失去生命的依據。眼見周遭兵禍，社會動蕩不息，饑荒連年，為躲避愈來愈重的賦役負擔，寂生起了削髮為僧，遁入空門的想望，在覺泉寺剃度出家，隨了悟禪師修道參禪。只可惜道行猶淺，修行功夫不夠的他，被指派南下江南，一個人雲遊在外，受到紅塵的誘惑，無法守護根門，攝心安住，很快被打回原形。

離開覺泉寺才短短幾個月，他簡直變了個人。變得自己都快不認識了。

出身寒門的他，在門閥觀念極重，士庶階級儼然劃分的社會，寂生做夢也不敢想像有朝一日，他會憑著身上的一襲袈裟，得以和高門士族平起平坐，筵宴應酬，效法高僧支道林，將佛學滲入清談，大談老莊式的玄化佛教，不止一次接受門閥貴族的邀請，造訪他們的名山別墅，湖境雅遊。受到老莊的自然觀與江南秀麗山水的啟發，寂生也禁不住寫起了玄言山水詩，抒發情懷。

江南之行，受到建康文人時尚風氣所趨，追求新創的書法字體，寂生也不能免俗的臨摹王羲之父子柔媚飄逸的行楷，縱筆揮灑張揚靈動的草書。

寄情詩詞美文、書法墨跡、竹林山水，他寂生走了全過程。只差不像那些貴遊子弟，講究姿容神韻，手持白粉，行步顧形，熱中穿戴容顏細節，他也不曾和清談之士沉溺酒鄉，秉燭夜遊。

如果沒有離開了悟師父，繼續在覺泉寺修行，與僧團同修相互砥礪守持清規，他也不至於任情放逸，犯下淫戒。

「有善知識的引導，必能圓滿完成清淨的修行，能跟隨善知識修學，就有助於信、聞、施、慧等德行的增長與成就，就像月亮從初一到十五漸漸地變圓、變亮一樣。」

佛陀談到善知識與精進不放逸時，是這樣向阿難尊者開示的。

了悟師父就是他的善知識。

既然覺泉寺回去不得，他將何去何從？

寂生不想渡江南下，重回建康京城，再去與那些名士應酬，他對他們的言行不一頗感失望，看出這般清談之士既是置身功名利祿之中，對名利富貴不能超然度外，卻又手拿拂塵大作出世的玄談。他們既求聞達，又思隱逸，集尊顯的達官與清高的名士於一身，既不放棄在朝廷為官，卻又處處模仿林下名士的風流。

寂生也實在不想再去面對那些終日薰衣剃面，傅粉施朱，一味講求姿容風度的貴遊子弟。

寂生取出被自己一折兩段的筆，起了到長安投奔鳩摩羅什的念頭，也許在他門下重操舊業，為大師抄寫譯就的佛經。後秦姚興把滯留涼州的鳩摩羅什請到長安，以國師之禮對待，請他住在逍遙園譯佛經，八百多位高僧走數百里、數千里路來投在他門下。寂生聽聞身軀高大魁梧的羅什大師披上紅色袈裟在澄玄堂口述佛經的風采，新譯的每部經書義理圓通，文詞流暢，為舊譯所不及。聽說已完成了大部頭的《摩訶般若波羅蜜經》，正在著手翻譯龍樹論師的《大智度論》。

回洛陽後，寂生發願摒棄江南所沾染的俗世惡習，革除那些縱情輕浮的筆觸，回到先前方正凝重的正楷、隸書，一筆一劃符合經卷文字的書體，墨濃如漆，抄寫佛經，堅定對佛陀的虔敬之心，對治自己依然熾盛的五蘊。

正預備啟程投到鳩摩羅什門下，寂生聽說這位大師有意離開長安回西域，後秦皇帝姚興以為他旅居異國，思鄉寂寞，強制他收下十名歌妓以繼承法種。羅什搬出逍遙園，門下不少弟子離他而去。

站在譯經台，羅什沉痛地對留下來的弟子們說：

「譬如臭泥中生長清香鮮美的蓮花，希望諸位採取蓮花，不要挖掘臭泥土。」

寂生打消去意。

正在為不知何去何從而發愁，寂生收到顧迅的來信。這位與他親近的江南名士告訴他會稽閒居，一位擅長書法的友人，在自家別墅中製作精美的白紙。這名士臨摹王羲之的草書，寫在美麗的白紙上，著實賞心悅目。寂生回江南後他將帶他一起去參觀造紙過程，順便遊園。

寂生回憶他北上洛陽之前，那一次會稽之行。

會稽多山水。

寂生走在山陰道上，沿途千巖競秀，萬壑爭流，山水自相映發，令人應接不暇。他來的正是天月明淨，水淡而清的好時光。

當年逃避五胡亂華的戰禍，北方門閥士族隨晉室南遷。偏安江南後，各自占地名田，封山錮澤，看上浙東會稽一帶好山水，在這裡鑿山浚湖，建立了無數山湖勝境，溪水迴流的莊園別墅，以供林泉隱逸，消遣隱居。

寂生前來造訪的這座莊園，占他廣闊，園中湖谷遍布，花果蔚茂，紅荷綠萍浮水，珍禽野獸散布其間。置身如此佳景，寂生不由得體會到時人詩句：「林無靜樹，川無停流」的意境。

應邀而來的客人盡是江南的當世才俊，衣冠閒適，各自相聚，梧竹幽居亭內，兩個頭戴小冠的官吏正在下圍棋，一邊下棋一邊談到各自正在修撰的祖譜。士族南渡後，修祖譜寫家史成為一時風尚，至今方興未艾。南來後對以往家族的歷史、聲望事蹟更為重視，無不千方百計追溯到華北歷代以前列祖列宗的豐功偉業，以祖譜家史奕世載德，恩顯父母，紀念先人。

太湖石旁棚架綠蔭下，圍坐幾個雅士，閒坐品茗，輪流傳觀剛出窯的茶具，對那件醬色釉斑的茶杯的釉色嘖嘖稱奇，杯上紋飾覺得頗為別出新裁。

茶客們遙望八角亭內名士清談玄義，說得正興起，手中拂塵滿天飛，旁邊幾個不懂清談辯論的，只會呆著臉。

「大書法家王羲之議論：名士清談尚虛言，會誤國誤民，此言當真！」

這位茶客的說法立刻引來反駁：

「謝安以秦任商鞅，二世而亡，豈清言致患邪？」

茶客們紛紛附和。

荷花池畔長堤「行散」的個個寬衣博帶，迎風疾走，他們剛服下寒食散，藥性沒散發不得休息，必須來回走路。端午剛過，敞開衣領，袒胸露脯，似乎還嫌熱，腳下不穿鞋，而是趿著屐透風。寂生聽說服用五石散，渾身發熱，必須吃冷食，用冷水澆身，所以稱為寒食散，只有一樣不能冷吃，那便是酒。

一陣清風吹送過來悠揚的樂音，善於音律的雅士在撫觴鳴琴，絲竹並奏，清越的笛聲凌空拔起，迴盪山谷。寂生屏息傾聽良久，但願此時有長簫在手，可以與笛聲應和，敘述中懷。

笛聲繚繞山巔溪谷，久久不去，聽久了，漸漸聽出尾音帶著一絲淡淡的悲涼哀感，吹笛者借著樂音彷彿在訴說著人生哀樂相隨的感慨。與寂生同坐聆聽笛音的名士，本來個個以手按膝輕輕打著節拍，與內心感情相應，聽著聽著，不知怎的，一股閒愁無端地湧上心頭，不約而同地輕聲嘆息，其中兩位還仰嘆低泣了起來。

寂生冷眼旁觀，眼前這群溺酒嘯遊的名士們，個個聰慧過人，生活優渥，富足無缺。他們眷戀人生美好的事物，娛目歡心，盡情享受，嫌晝短苦夜長，索性秉燭夜遊，及時行樂，把有限的時間過得有聲有色。

這群生活在富貴安樂中的門閥貴族，表面上看起來放浪灑脫，輕視一切世俗瑣事，其實內心深處卻強烈地執著人生，骨子裡深埋巨大的恐懼與煩憂。身處王朝更迭、兵戈不息的時代，身家毫無保障，命運是如此不可捉摸，易落易散的人生哀樂無常，使他們無可避免的感悟到生命如朝露般的短暫。

他們對千古以來人類共同的悲哀，缺乏理性的觀察，而是出自直覺的體認。

茫茫生死事難知，碌碌終生何所得，此心安不得。

寂生看到了名士們對生命本質的驚懼惘然不安。

放下顧迅的信箋，寂生從書匣中取出〈蘭亭序〉的書法摹本。有次他應顧迅之邀，到他府上品茗欣賞收藏的名家法書，臨別這位江南才子把他臨寫的〈蘭亭序〉相贈做為紀念。

寫得一手俊秀好字的顧迅回憶少年時勤練書法，家中的衣帛，都先書寫後再去搗練。

「家後院有一個池子，我天天臨池學書，想效法大書法家王羲之，在他住處的小池子洗筆，洗久了，變成一池黑水，現在想想實在自不量力啊！」

顧迅遺憾自己其生也晚，沒能趕上永和九年，會稽山陰蘭亭曲水流觴修禊雅集。那年三月初三，王羲之、謝安、孫綽、支道林等四十一人在傍山帶江的臨流聚會，謝安形容當時情境：

暮春和氣載柔，乃攜齊好散懷一丘，森森連嶺，茫茫原疇，迴霄垂霧，凝泉散流……

修禊當天，王羲之趁著酒意，用鼠鬚筆在蠶紙上，為當日三十七首詩編成集寫蘭亭集序。

「完成了這幅曠世名作，聽說他酒醒後再寫了幾十本，都不如第一次，」顧迅告訴寂生：「我看了坊間流傳的抄本，三百二十四字，字字遒媚勁健，體勢自發，穠纖折衷，實在妙不可言！」

一直以來寂生只顧玩賞王羲之超逸高妙的書跡，從未閱讀序文的內容，展閱細讀之下，寂生感慨不已：

「……天朗氣清，惠風和暢，群賢畢至，少長咸集，仰觀宇宙之大……游目騁懷，足以極視聽之娛……」然而，歡樂的情緒卻未能持久。酒後的王羲之感慨人生哀樂相隨，無端憂思奔赴筆下，從自然的美景體悟到人生無常，情隨事遷，變幻莫測，曾經喜歡的俯仰之間已為陳跡，猶不能不以之興懷。生命有限，「修短隨化終期於盡」，王羲之看到了人世的倏忽，光華榮盛背後的虛幻。

序文結尾，令寂生讀來心驚不已：

「後之視今，亦猶今之視昔。」後人看待今人，就像今人看待前人。時代變了，事態也不同了，可是能觸發人們情懷傷感的原因還是一樣的。王羲之認定後世也將對這次集會的詩文有所感慨。生生世世的人都在重複相同的經驗感受，面對無常的人生，只有沉浮於苦樂相隨之中，不斷地輪迴。

那次會稽遊園，溺酒嘯遊的名士們與蘭亭修禊的詩人們一樣，都在感時傷懷中，發出對人生無奈的感慨。這些深感無助而陷於迷惘不安的文人名士，他們不是沒有意識到問題的所在，卻始終執著於世俗間的幻境，不願看破覺悟，使自己從生命的輪迴中解脫出來，而是一代又一代從無明到老死，一直流轉不息。這些人並不想從生命中尋找解脫，他們只想達到精神上的自由解放。

佛陀跨越了長久以來一般人所無法超越的，祂看到了生命的真相，視人生為苦諦，世間一切現象都是變化無常，順心的喜樂遲早要消散，轉而生出憂悲惱苦，離貪斷愛才可以斷生死輪迴。佛陀教人們捨棄對世間名利情愛欲望的執著，解除外在的黏縛，開發心靈的喜悅，往內探求生命的本質，盡去人生的葛藤才能發現內在的安穩之道。

學佛的終極目標是要了生脫死，寂滅解脫。寂生記起當年他剛出家為僧，覺泉寺的了悟禪師告訴過他：道家的修證還是沒離開三界生死輪迴，老莊追求的渾然忘我之境，只證悟到境界中的無欲和無色界，還是不夠究竟。

平生首次，寂生有了深刻的覺醒，離生死六根清淨才是他此生唯一的願望。他下了大決心先從廣讀佛典開始，解行雙修度越自己。

23

竹林寺的愛道尼師深信，雖然這一世生為女身，但只要嚴持戒律，依正法精進潛心修行，終有一世可得無上之道。

愛道尼師曾經為自己生為女身而不能釋懷。皈依佛門之前，她對老莊哲學也頗有涉獵。道家尊崇女性，老子的思想更是以大地之母，陰性為道的主體。

《道德經》第六章：谷神不死，是謂玄牝。玄牝之門，是謂天地根。綿綿若存，用之不勤……

陰性的玄牝代表宇宙最初的創造之母，為滋養萬物的母親。

莊子的〈逍遙遊〉：藐姑射之山，有神人居焉，肌膚若冰雪，綽約若處子……

綽約若處子，指的是女子。

愛道尼師環顧她所處的社會，婦女的地位也不容忽視。早在曹魏時婦女即可出席宴會，隨著風氣開放，西晉士族婦女交遊之風盛行。姊妹們出遊串親戚，到寺廟參加法會招搖過市，一群一夥出遊，登高臨水，出境慶弔，弦歌行奏，夜晚披星戴月，舉火而行。男女交際也可促膝狹坐，也不以寡婦改嫁為恥。

西晉末年，北方胡人相繼入主中原，遊牧民族的婦女地位崇高，她們精於武術，褲衫束帶，乘馬馳射。後趙石虎舉行祓禊時，後宮皇后妃主與名家婦女無不畢至，臨水施設帳幔，走馬步射，飲宴終日。胡人太后對政治有興趣，干預朝政的，也不乏其人，先後有皇后以君王年幼臨朝聽政的實例。

佛教卻視女人為情執重，身不潔淨，業障深重，因業力才生為女身。佛陀允許女性出家，當中經過一番周折。

每次讀到佛的姨母摩訶波闍波提剃度出家的艱辛過程，愛道尼師無不淒然淚下：

姨母毅然剃髮，披上粗陋的袈裟，與釋迦族的眾多婦女，赤腳步行了一百五十哩路，滿臉汙塵，且雙腳腫脹，來到佛陀說法的毘舍離大相思林中的重閣講堂，泣立於講堂外，表示決心出家。

阿難尊者為她們請命。佛陀以女人有五障：一者不得作梵天王，二者不得作帝釋，三者不得作魔王，四者不得作轉輪聖王，五者不得作佛身，女性加入僧伽，會導致正法流傳少五百年，拒絕姨母要求出家的祈請。

阿難尊者三次代向佛請命，還是不准。

最後阿難尊者問佛陀：

「女性是否能圓滿成就而證悟？」

佛陀回答：

「是。」

經阿難尊者祈求，佛終於答應女性組織比丘尼僧團，制定「八敬法」。

佛經上說：女人不能現世成佛，必須過渡轉世為男身才可成道。《妙法蓮華經》十二品，婆竭羅龍王女智慧利根，了達諸法，聽文殊師利菩薩在海中宣說，證得菩提，然而，龍女必須轉為男身，才得以坐寶蓮華，成等正覺。

愛道尼師以自己生為女身而耿耿於懷。

一直到深入研讀她所珍藏的那部禪法精要傳抄，遵循作者佛馱跋陀羅禪師傳承有序，一脈相承的五門禪法，按照經中次第分明的方法精進修習，幾年下來體悟深刻，禪修達到上乘之境，特別是其中的因緣法門，解開了她長時以來的迷惑不平。

在一次清淨安定的甚深禪定中，愛道尼師彷彿瞥見了她的前世。這個難逢的機遇，使她醒覺到自己生生世世以來，無明煩惱未能斷盡，輾轉於生死三界五趣之中，一世又一世不斷地出生，又老死，在輪迴中生生滅滅。

人在了生脫死之前，就是在無窮盡的輪迴中，從生死轉世來看男女性別。愛道尼師領悟到她這一世生為女身，只不過是生生世世中的一世而已。

修行進入到深邃境地之後，愛道尼師覺悟到佛教的根本宗旨就是要眾生脫離苦難，無論是個人解脫，或是教人成佛普渡眾生，在離苦通往佛國的道路上，應該是沒有男女性別歧視，沒有貧富貴賤階級差別優劣。

《維摩詰經》中所說：舍利佛問散花的天女為什麼不轉女身？天女回答：譬如幻師作幻女，皆為無有定相的性身，可見到了佛國世界，男身女身，男相女相是沒有必要加以區分的，修行到了究竟，無男身女身之別，無人我之別，菩薩天人咸同一類，形無異狀，超越了人間的性別、年齡、生死等界限。

諸法皆如幻。出定後，愛道尼師寫下一首詩偈：

男女何須辯假　真觀音出現果何人
皮囊脫盡渾無　用試問男身是女身

成佛是在自性上用功夫，而不在男女形相上起差別。

愛道尼師以禪修名聞遐邇，南北各個尼寺禪院請她去主持禪七，邀約接踵而至。眾多邀請函中，有一封來自建康京城簡靜寺的支妙音尼師，來函措辭極為恭敬：素聞師父精於禪法，倘能撥勻南來指導敝寺尼眾修行，以期早日證得果道，功德無量云云。又京城妃后、閨閣、王侯貴人久聞尊師大名，莫不引頸以待，期盼早日於座下聆聽法教……

愛道尼師對支妙音的事蹟略有所聞：

有關她的身世背景雖不為人所知，來到建康出家後，結交貴族閨中仕女，攀緣朝廷中的妃后，出入宮掖，得到皇帝太后的敬信，每與朝中學士談文論藝，雅有才致，名聲大著。朝中太傅為她建簡靜寺，徒眾百餘人，門庭車馬往來頻繁。

支妙音尼師涉世極深，與朝政關係密切，甚至干預時政，曾參與決定荊州刺史的人選，最後皇帝聽從她的建議，令她權傾一朝威行內外。

北方洛陽長安一帶，信佛的帝王后妃禮敬僧人，供奉崇信比丘尼，王侯貴婦爭與同遊，高官拜為門師，出陣時請尼師隨行祈福。然而，像支妙音尼師涉世如此之深，甚至干預時政的前所未聞。

即使沒有支妙音的邀約，愛道尼師也正要南下建康，拜見她仰慕久矣的禪法大師佛馱跋陀羅，她得知這位禪門巨匠住錫道場寺譯經說法，愛道尼師要親自向禪師請法，以及向他頂禮表達至高的敬意。佛馱跋陀羅禪師應慧遠大師之請，到廬山著作《修行方便禪經》，愛道尼師多年來珍藏的那部禪法精要傳抄祕笈正是此經。

帶著如慧南下，師徒在建福寺掛單。這座建康京城第一座尼寺，是由康明感尼師所建，這位經歷過千辛萬苦而立志佛道的比丘尼的事蹟尤其感人：

從小生長在一個奉大法的家庭，因時局動亂，被賊人綁去想霸占為妻，明感誓不受辱，拔除眉毛，以染有惡疾為藉口，後被貶去放羊，長達十年之久。最後遇到一位僧侶，受五戒，晝夜習誦觀世音經，得以逃出虎口。返家後苦心精進了幾年，後與弟子渡江南下，篤信佛教的何充捐出他的別宅給她們建了五層塔的建福寺。

愛道尼師讚嘆佛門中道心堅強、膽識超人的尼師不乏其數，她也久聞江南不乏女中丈夫。晉室南遷，文人名士自我意識覺醒，社會開放，建康京城名媛仕女，受到玄學清談的風氣所影響，敢於挑戰儒家所規範的性別界限，在家庭的地位高，有獨立自我人格，對愛情與婚姻觀念放達，可自由擇婿。

江南婦女除了內持家政，更善於吟詩作畫，在文學藝術上大展其才，人稱衛夫人的書法大家，一代書聖王羲之早歲即向她學書，衛夫人擅寫隸楷，其書法被有識者形容為：

如碎玉壺之冰，爛瑤台之月，婉然芳樹，穆若清風。

謝道蘊小小年紀，便以「未若柳絮因風起」比喻白雪紛飛的景象，而名列才女之林，受到叔父謝安的賞識。

謝才女體態端莊，氣概脫俗，除了詩文造詣高妙，還經常參與名士清言辯論，濟尼對謝道蘊的評語是：「神情散朗，有林下風。」

林下風氣本來指的是竹林七賢的風貌氣質，用來形容他們任情率性，灑脫自然的竹林之風。濟尼以竹林七賢的風雅來形容這位女中名士，並無過譽。書法大家王獻之與賓客談玄論義，她在屏後傾聽，當王獻之辯論處於下風，便派遣婢女告訴他：

「欲為小郎解圍。」

以青綾布障自蔽，謝才女重新申訴獻之的前議，令本來占上風的對方無言以對，敗陣下來。

會稽太守仰慕謝道蘊之名，請她談議，道蘊簪髻素褥坐於帳中，風韻高邁，敘致清雅，對太守的問難詞理無礙。

耳聞目見，愛道尼師感受到江南婦女自由放達的氣象，並不亞於北方漢族仕女，她們出席宴會，外出社交，是受到遊牧民族風俗的影響。這次南來，愛道尼師希望效法當年濟尼穿門踏戶，和此間有見識的內眷往來，以佛法勸化，使她們對生命的體悟能夠更上一層樓。

24

洛陽的佛寺遵守結夏安居的佛制。每年天竺有三個月的雨季，出家僧侶在山間禪定，或樹下經行，衣缽會被雨水沖走流失，雨季乞食困難不易，也會受到蛇類蚊蟲的侵襲。而且夏季地上的蟲蟻出來爬行覓食，僧眾沿路乞食，不免踩傷地面的蟲類，以及草樹的新芽。

因此，佛陀制定這三個月為結夏安居。期間除非有火災、毒蛇侵犯，水淹盜賊，父母師長三寶等重大事件，僧眾不得出界，防離心散，必須聚集於寺內，閉關修行，聽經聞法，禪坐參究，安心證道。

七月十五雨安居終了，俗稱解夏。到這天比丘、比丘尼的戒年齡長了一歲，是佛歡喜日，這天寺院也舉行盂蘭盆法會。

寂生在他掛單的寺院，讀到西晉竺法護翻譯的《佛說盂蘭盆經》知道了這節日的由來：

佛陀弟子目犍連以他的神通法力，看到他母親生前行惡，墮落餓鬼道，向她施食，一到口即化為焰灰，目犍連向佛陀悲泣求救。佛教他七月十五安居圓滿結束，佛自恣日時，以百味飲食置於盆中，供養十方僧人，集合眾僧的力量，以此功德迴向救拔其母，方能濟度。目犍連依佛意行事，其母終得解脫。「盂蘭」梵語意即倒懸，解救父母亡親在地獄倒懸之苦。

這兩個字令寂生為之色變，心中大為震動。他至親的母親死後不知在六道中輪迴於哪一道？而他做兒子的卻罔顧母親身後，擅自沉眈欲念，他為此悔恨不已。

安居的最後一晚，他終於當著齊聚的眾僧，懺悔自己違反戒律，犯了出家人不應犯的不淨惡業，沒能約束自己的心念，讓渴愛欲望入侵，任憑自己執取所見的影像，讓它留在心中久久不去。

寂生供僧超渡亡母，專心一意研讀佛經，以期淨化自己身心。深入經藏，他發現經中佛學的名相，都是用老莊道家的語詞去擬配，佛陀的佛教已被轉譯為老莊化，形而上的佛教，翻譯太過，削鼻剜眼，以致令佛教經典有如道家書籍。

老莊玄學化的佛經，使寂生起了懷疑之心，究竟與原始的佛法相距多遠？

佛經可翻譯嗎？寂生記起他在江南時見過一位天竺來的異僧，他不願具名，也不學漢語，據他說是為省去應酬的麻煩。信徒中有人往生，這位異僧對著靈位用梵音念咒語超渡死者，神情專注而尊重。咒語是祕密而具有神祕的力量，如果將它翻譯成另一種語言文字，則威力功效盡失。

天竺來的異僧表示佛陀的經典是無從翻譯的，佛經的不可譯性，在於梵文中不乏一詞多義，雙關卻包含多種意義，而刻意的文法錯置，或特殊的表現用語，更是比比皆是。一字或一詞多義，他以「薄伽」為例，在梵文中含有：自在、熾盛、端莊、吉祥、尊貴、名稱六個意義，還有天竺才有，而漢地不見的植物樹種，經典上說的閻浮樹，中原不見此樹。

將佛經轉化成另一種文字，天竺來的異僧表示必定會生硬牽強，晦澀難解。

「而且經過翻譯，就不是原來的佛典了。」

說著，順手把身旁的一只陶罐推到地上，跌成碎片。

「陶罐破了，撿這些碎片，拼揍黏貼，重新組合，修復變成一個新的，和原來的那只會一模一樣嗎？當然不是。」

翻譯的佛典，獨立於原著，譯文成為另一種獨立的文本。

天竺異僧不忍看到信眾聽他說佛經不可翻，露出一副絕望的神情，發了慈悲心。為了利益眾生，非翻譯不可，他以為譯者必須拋棄自己熟悉的世界，憑著堅定的信仰進入佛典原文的世界，不僅從文字與意義上去研究，而且是對佛法宗法、經文意義、修持方法，與異文異義的解說會通，才能理解經法的真義。

最理想的譯者，必須是修行境界甚深的高人，能與佛陀的法互相感應，開啟靈光有了通感，法音貫耳，翻出來的佛典會比較接近佛陀的原旨，天竺異僧說的是阿羅漢的境界。

「如此一來，譯文不在形似而在神似。」

寂生得到一個結論：若想探究佛陀教說的本來面目，唯一的途徑是復古，回到根源之處，以佛說的最原始的佛法為依歸。

寂生萌生了到天竺學梵文，找尋佛法的根本的想望。聽說廬山的慧遠大師慨嘆江東佛典不全，即將遣弟子法領等，準備要到天竺取經。眾僧尚未出發，已發出如斯壯言：

「朝聞圓教，夕可死矣！」

或許寂生可以和法領等一行人同行。

寂生記得那次會稽遊園，幾位寫山水詩的名士在評議天下名山的情致。其中有一位剛從廬山回來，形容翠屏千仞，壁立如削的廬山腳下，慧遠大師的東林寺，背靠峻峭挺拔的香爐峰，旁有飛瀉直下的瀑布，虎溪繞階而流。慧遠大師在寺內另置有禪室，飄忽不定的白雲飛滿禪室：

「白雲從這窗口飛入，從那窗口飛出，想想那景致……」

旁坐的詩人朗讀慧遠大師的一首詩：〈遊石門詩〉的最後四句：

端坐運虛輪
轉彼玄中經
神仙同物化
未若兩俱冥

「大師詩中在談『空』，前兩句是說既能轉動空輪，那連談玄講道的經文也要轉為空無了，後兩句是在否定老莊求神仙隨物化。」

詩人稱讚慧遠大師的詩，結合了對佛性的深悟、玄理的探索，以及自然山水的描繪，如此怡然自得，高妙不可言！

一位微醺的名士，看了寂生一身袈裟，向他表示江南盛行的清談，崇尚虛無，荒誕不經，其實並無多大意義，說他想學佛實修，考慮投奔慧遠大師門下，淨心參禪，名士詢問寂生可有意願一同前往廬山？他聽聞大師律己嚴而為法勤，影不出山，幽不入俗，每送客遊履，常以虎溪為界，修煉多年，容貌超凡脫俗，有如神仙中人。

慧遠大師宴坐山林，志在大法，寂生早已景仰之至。當時他鬼迷心竅，對那女子的渴愛，促使他一心想回洛陽竹林寺，婉拒了名士約他同赴東林寺修行。

群山環抱溪水迴流的東林寺，寺前一泓虎溪清流。寂生行腳來到時，正值盛夏，感受到大雄寶殿前蓮香陣陣的風光，慧遠大師親種的蓮花，每株有一百多花瓣，花色清白，清香豐滿。

可惜他來晚了。法領等眾僧早已離開東林寺西行天竺取經，寂生決定留下來修行，他把過去關在寺門外，一心學佛。與世隔絕的東林寺，雲霧縹緲，晴天時，浮雲一縷縷飄過，恍如一伸手就可以抓一把在手，從地面冉冉上升的雲霧，令寂生舉手投足之間，有若騰雲駕霧。

禪坐修心，每晚禮拜八十八佛，專心誦念懺悔文，懺悔過去所造罪業。一晚，抬頭仰望大殿的佛像，豁然見到有一道耀眼的金光直射向他，當時心中感到從未有過的安定清明，佛的瑞應使寂生感動莫名。安住於佛光之中，不再為憂惱所苦。

一個美麗的日午，佇立佛池畔，寂生遠眺橫看成嶺側成峰的廬山，從大殿傳出的觀世音菩薩聖號，持誦聲凝聚成一股莊嚴無比的能量。漸漸地，寂生看到西邊的藍天祥雲擁簇成翻騰的蛟龍形狀，出現了觀世音菩薩騎著蛟龍，飛翔於白雲。藍天雲彩現出觀音乘龍的瑞相，令寂生對佛法深信不疑。

東林寺中有一座譯經台，那是慧遠大師為大禪師佛馱跋陀羅而建的。寂生北上洛陽時，發現寺院中輾轉傳抄流傳一部禪法精要，說是出自北天竺的禪法大師佛馱跋陀羅之手，他聽說這部上座部的禪要，宗於一家之說，禪法一脈相承，修行次第儼然分明，禪學者有方法可尋。

當年佛馱跋陀羅抵達中原後，得悉鳩摩羅什應姚興的迎請，來到長安主持譯經，便前往請益。由於各自的學風不同，師承淵源有異，羅什闡揚龍樹論師一系的大乘中觀學說，門下兩千多弟子，出入宮廷聲勢顯赫；而佛馱跋陀羅謹守上座部教學規模，悠習禪定，聚徒數百人，甘於淡泊，不喜繁華。

羅什傳授的禪法綜合七家而編寫的《坐禪三昧經》，尚未經過完善組織，而佛馱跋陀羅師法佛大仙，而佛大仙又是達摩多羅的弟子，從上相承，保持了它的純粹性。

羅什門下憑兩件事興端，將佛馱跋陀羅逐出長安。

兩件事一是與神通有關，佛馱跋陀羅告訴弟子：

「昨天看見有五艘船從家鄉向這裡駛來。」

長安僧人認為他妖言惑眾，天竺與中土遠隔萬里，他如何見得？

另一件是他弘揚禪法，遠近僧俗聞風而至，有個弟子很少用心參證，卻自稱得了羅漢果，他沒有立即察問，於是流言四起，誹謗橫生。

長安僧人以他的門徒誑言惑眾，違背戒律，請他離開。

佛馱跋陀羅平靜地表示：

「我如漂於水上的浮萍，去留都極容易。只是遺憾在此地有志未伸。」

於是帶領弟子慧觀等四十多人，動身離開，姚興派使者快馬追回。佛馱跋陀羅平淡地告知：既已啟程，就恕不能從命，凡事皆有緣分，不必勉為其難，他相信日後終有被承認的一天。

慧遠大師早就聽聞佛馱跋陀羅的名聲，更佩服他學識的淵博，禪法傳承的正統，禮請他留在廬山翻譯《修行方便禪經》，不僅親聽講授，還為這部經撰序讚揚，更建了譯經台以資紀念。

慧遠大師讚揚佛馱跋陀羅的禪法，以為鳩摩羅什「宣馬鳴所述」，卻沒把禪理說透，「蓋是功虧一簣。」

這部禪法祕要的五種法門，著重修「不淨觀門」，這是佛陀禪觀二大甘露法門之一，寂生知道如何對治他的淫欲之心，應修白骨不淨觀，杜塞六根不迷惑女色，對自己的身體產生厭離之心；然而，他聽說白骨觀如果修煉到上乘，則會有厭世之心。佛陀時代就有年輕的比丘，為了對治性欲本能衝動修白骨觀，調伏性欲，結果對自己的身體起了大厭心，紛紛自殺。

寂生亟欲向大禪師當面請法，然而，譯完禪經，佛馱跋陀羅離開東林寺，到南方各地傳揚禪法，來到江陵，正好有五艘船靠岸，打聽之下，果然是從天竺來的，再查對日期，正是他對弟子說話之日。消息傳開，境內士庶百姓爭相前來禮拜，長安僧人聽說，才知道錯怪了他，羞愧難當。

25

究竟什麼是他的本來面目？

曾諦起了南京一遊的念頭，重踏從前的足跡，也算是舊地重遊。到棲霞寺的禪堂靜坐冥想，認知生命本身的原貌，延續他前世未竟之緣。

其實曾諦心底深處最渴望的，卻是想去南京看那個常在自己念中的女學生，他想知道她的樣貌。從前在台北一起打坐，自己從來沒有好好看她一看，也不知她長什麼模樣？

到南京去看她的欲望竟然如此強烈，曾諦為此心驚。如何放下迷惑無明，重新把清淨心找回來？

大乘佛教的中觀去除煩惱的修行方法，是教人直接觀空，空掉色、受、想、行、識等五蘊組合而成的身心世界。

龍樹論師的中觀否定人的主觀精神主題，也否定客觀事物的存在，以無自性為實相，緣起即空，空即緣起，五蘊如幻，一切法空，直觀一切法本不生，涅槃寂靜。

大乘中觀的直接觀空，當下即空的修行方法，怎麼修？

曾諦找不到修行的次第，不知如何下手。

觀諸法空相，不生不滅，這是涅槃的境界，修行的究竟。直接觀空、觀無常，等於是從四聖諦：苦、集、滅、道的滅諦直接下手，曾諦怎麼修都修不起來。

修行碰到困境，他連帶地懷疑大乘中觀緣起即空，直接觀空的禪觀，是否是佛陀的傳承？

曾諦起了大疑情。

佛陀時代的聖弟子都能在佛言下得法眼淨，大徹大悟，反觀後人學佛悟道，卻是如此困難。曾諦以為這並非業障深重，而是所學的盡是繁瑣失真，失去教祖原旨的學問，他下了大決心回歸佛陀本懷，追根溯源，將心力放在原始佛法的探究上，透徹了解佛的根本經典，探尋佛法真義。

拿過一大塊青布蒙蓋那櫥櫃隋唐八大宗派的論著，曾諦將之束諸高閣，開始研讀《阿含經》聖典，佛陀的原始教說。

他在佛陀的原典《阿含經》找尋解答，讀到〈須深經〉，很長的一篇經文，佛住王舍城迦蘭陀竹園時，外道為了對抗佛陀的教說傳揚，派遣一個年輕聰慧的學眾須深，前往佛教僧團假意出家，實為盜法。

佛為須深說法：「是名先知法住，後知涅槃。彼諸善男子，獨一靜處，專精思維，不放逸住，離於我見，不起諸漏，心善解脫。」

最後須深對盜法之事懺罪悔過，在佛陀座下見法，得法眼淨。

修行要先知法住。而非大乘中觀佛教所說的當下即空，直接觀空，直觀涅槃的法門。直觀涅槃指的是不退轉菩薩的深觀體驗，所以假名無實，一切法空而無染無淨，如幻如化，而生死即涅槃。

然而，何為法住？曾諦不得其解，求法心切的他，打聽到北投山上一個奉行原始佛法的中道僧團，住持隨佛法師學法四十年，熟悉佛教各宗教義，早年先宗仰隋唐老莊化的漢傳菩薩道，進而研習印度菩薩道之般若、瑜伽與如來藏等三系思想，特別對般若經、中論的思想與禪宗的禪法有深入的體會與教學經驗，最後探討南傳部派佛教之經法傳承，在緬甸出家。

曾諦上山向隨佛法師請法。

他心中期待參訪的是一處深幽秀絕的無塵禪地。來到山路盡頭進入內覺禪林，沒料想到眼前所見是一個規模不大，沿山而建的樸素道場，外觀看起來似乎尋常不過，平淡中卻又透露出不平凡的氣息。沿著狹窄的小石徑，曾諦恍如舊地重遊，一草一木都感到眼熟，桂花樹的每一片葉子，仍是飽滿肥腴，路旁挺立的龍柏，依然蒼翠欲滴，把空氣都染成透明的綠色。曾諦深深吸了一口氣，心沉靜了下來，衣襟沾著淡淡的桂花香，他拾級而上，身穿南傳袈裟的隨佛法師，坐在一把半舊的籐椅，對上山請法的佛弟子平和地笑臉相迎。

法住指的是因緣起。先知道世間生命的緣起，依因緣而生才能依因緣而滅。佛說：「此有故彼有，此生即彼生，此滅故彼滅。」有生、集起，才有滅、滅盡。

眾生由色、受、想、行、識五蘊組合而成。

佛經上說：五蘊像是五個拔刀的賊，眾生的苦迫由此而來，很難逃脫魔難。

什麼是五蘊？

六根：眼、耳、鼻、舌、身、意。

六境：色、聲、香、味、觸、法。

六根緣六境產生六識：眼識、耳識、鼻識、舌識、身識、意識。

六根六境起六識：色、受、想、行、識，生理的與心理的身心內容，就叫五蘊。

六根追逐六境，背後驅動的是渴愛，根境結合便有識的現起。

隨佛法師開示：

眾生的五蘊是實有，不是假有，五蘊是因緣生，緣生者無常，如果把五蘊當成是我，則是無明妄見。緣生者能不空，該空的是我，現實的一切緣生緣滅，修行是為如實見，顯真實才能離妄，而不是以離妄為事實。佛陀的禪觀方法是觀緣生五蘊如何集起，依正見集而正見滅，集起是一種現實的事實。

「如實智見五蘊緣生與滅盡，亦如實明見十二因緣的集與滅，這就是佛所說的：先知法住，後知涅槃。」隨佛法師說：「所以佛陀的方法有跡可循。」

《般若經》普遍流行後，卻形成了一股不問根基，但從涅槃下手的偏頗學風，反而呵斥傳統《阿含經》所傳先知法住，後知涅槃的立場。般若中觀以諸法皆空，空無自性為實相，這是以離妄為事實的教說方式，是不以現事緣生為事實，所以無法建立禪觀次第。

曾諦遇見明師，醍壺灌頂受教而去。

離開內覺禪林，曾諦回頭望著道場的一花一樹，它們生氣昂揚的神采，更是山下同樣的植物所不能及的，這就是人傑地靈吧！《洛陽伽藍記》書中記載西域高僧神奇的咒語，能對著院中一株枯樹念咒，不久便長出枝葉，如果說隨佛法師有這等法力，曾諦也覺得不足為奇。洛陽的白馬寺，中土第一座佛寺，果園種的石榴每一顆比手掌還大，每一粒葡萄大過棗子，所以有「白馬寺的甜石榴，一顆價值一頭牛」的說法，也是人傑地靈吧！

佛法的核心是因緣法。

《雜阿含》五十三經佛告婆羅門：「我論因說因，云何論因？云何說因？有因有緣集世間，有因有緣世間集，有因有緣滅世間，有因有緣世間滅。」

現前五蘊之生，依因緣而生，離因緣則無有，如非因緣而生則云何生？若滅必是因緣滅而滅，如非因緣滅則云何滅？佛陀所教導的禪觀法，主要觀五蘊的集與滅，是正觀如實知五蘊的集起，而得知凡集法皆有滅法的智見。後世的佛弟子於此有疑惑，將觀五蘊是生、滅法，而得正見五蘊無常，誤以為是觀五蘊於現前，是剎那生滅，即生即滅，生滅相續三世無常的業流。

這一見解似乎解釋了禪觀的方法，也合於一般人的常識與認知，但卻有一無解的錯誤在其中：滅者則必是因緣滅而滅，如是滅者則如何滅而續生？豈不是無因生？

剎那生滅、即生即滅、生滅相續的無常論，最大的矛盾與問題是：業報如何繼續於後的解釋。

隨佛法師當年有此疑惑，他自述見正法的過程：

初期學漢傳各家精義，雖未能見法悟道，但未曾懷疑學習的教法。一九九〇年農曆正月十五日夜晚受寺院邀請為眾說法，宣講三法印中的諸行無常，豁然發現過去學習的「剎那生滅，相續無間」的教說，實際有著「前後無從相續無間」的矛盾，這時才了解有生以來未曾真正認清現前為何？因此對學佛以來學得的知見大起疑情，當夜是內心惶惶，無片刻安寧，亦無法入眠，可謂大事未了，如喪考妣。自當天夜起，遍覺過往所習的各宗經論、宗師著作，經四日四夜席無暇暖，雖廣閱群籍，卻依然莫得其解，既無法從前人的經驗得到解答，只能依靠自己尋覓真相，復經三天三夜的周遍觀察探究現實，終於解開了「云何無常」的答案。從此說法唯有依據當前事實，不再受限於學派宗義。

見法悟道，隨佛法師引導世人重新認識因緣、無常、無我。

隨佛法師以他的法眼如實洞悉世上的萬事萬物，發現眼前看到的一切都是處於跟其他一切相互關聯，這就是緣，彼此之間因這現象產生相互影響與改變。這改變不是自已發生，而是在關聯中發生，在關係當中才如此，發生的同時因緣就會瓦解，但並沒有結束，而是往解散的方向去改變，變成另一個事物的發生，如此遷流不息。

一般人習慣將發生的現象當作單一法，是固定的存在，然而，從因緣來看並非如此。凡是在關係當中相互影響改變，只是一個變化的過程，而不是固定不變的，所以是無常，沒有永恆性，沒有固定的真實和存在者，沒有自我，亦無法被擁有，為我所有。

見法後，隨佛法師依照佛教最古老的經法傳承，認定原始佛教的法源，應是指佛陀住世時與弟子應機教導，至佛滅後三個月由聖弟子第一次結集，所集成的傳誦。漢譯《雜阿含》或巴利文的《相應尼柯耶》這兩部聖典應該最接近佛陀教誡原型。經過對原始經典的爬梳比對，潛行靜修，身體力行，隨佛法師恢復還原了佛陀教法、禪法以及菩提道次第的原貌，重建起當年佛陀用來渡生死大河的法船，尋回佛陀和聖弟子們走過的古仙人道。

隱沒了兩千多年的佛陀原說，終於重見天日。

佛法的修證次第是先見因緣法，斷無明，斷我見身見，斷除五蘊是我，是我所的妄見。如果能如實知五蘊是因緣生，變化無常故苦，如實知苦患貪愛五蘊，則繫縛於苦，則可建立正見離貪之八正道：正見、正志、正語、正業、正命、正方便、正念、正定。於六觸入處修習離貪斷愛，六根不追逐六境，六根六境之緣斷，有結斷，未來不復再生，一切煩惱永盡。

26

禪法大師佛馱跋陀羅完成《修行方便禪經》離開廬山，到江陵廣傳禪法。在荊州受到太尉崇敬有加，禮請他南下建康京城駐錫道場寺。信眾見他儀態風範清雅幽遠，與漢地僧人不同，無不對他敬重有加。

寂生決心拜在這位禪法大師門下，學習杜塞六根，不迷惑女色的「白骨不淨觀」的法門，打聽出佛馱跋陀羅雲水遊化至建康京城，帶領弟子慧觀、慧嚴、法業等百餘僧人，與法顯大師合譯從天竺取得的佛經。大禪師兼通梵漢，得其經義奧妙，由他手持梵本，決定經譯的文辭義旨。

重回建康，寂生舊地重遊，心境與上次初到時迥然不同，帶著求法的渴切心情直奔道場寺。

坐落於雙橋門雨花村的佛寺，與長干寺為鄰。只見寶塔高聳，重樓飛閣，雕牆峻宇廊屋環繞，大殿前古樹參天，枝條橫繞形如羽蓋，殿內佛像莊嚴精絕，齋宇光麗花林芳草掩映，禪堂寂靜，令寂生有如踏入巖谷叢林，真是清淨修行的所在，難怪此寺有「禪窟」之稱。

除了在大殿登壇對眾說法，大師閉門譯經，已完成《摩訶僧祇律》、《雜阿毘曇心》、《方等泥洹經》、《雜阿含》、《長阿含》等經律論多部，最近正進行《華嚴經》前分三萬六千偈的翻譯。

雖說道場寺是江南佛經翻譯中心，又是禪修道場，然而由於佛馱跋陀羅聲名在外，不遠千里慕名前來求法的佛弟子絡繹不絕，四方僧尼紛紛前來附從問學，寂生在寺中掛單多時，竟然無緣單獨向大師請益。只能耐心等待時機，一邊研讀與白骨不淨觀相關的經文，以求息滅對色身的貪戀。

《阿含經》敘述有一國王嗜欲無厭，一位比丘以偈進諫：

目為眵淚窟，鼻是穢涕囊，口為涎唾器，腹是屎尿倉。

國王仍不悔悟，繼續耽溺於色，僧人不願見之，離去修道。

白骨不淨觀的法門稀有難得。佛經上記載迦稀羅難陀，過去久遠無數劫，聰明多智驕慢放逸，曾投生象、獅、地獄等，這一世轉為人身，七次向舍利佛請修白骨不淨觀皆未得，最後號泣跪地乞求釋尊，才得以知法。

寂生聽說修這法門，要先從白骨觀修起，找一僻靜處，結跏趺坐，舌舐上顎，閉上雙目，先從左腳大腳趾半截觀起，觀死後起泡腫脹腐爛，觀到最後現出白骨。用觀想的定力意念來修，自覺就是白骨一具，繫心一緣，不隨諸根，不移心想，諦觀大腳趾半截，專心一處，如是一截一截腳趾、腳背……一截截由下而上觀至頭頸骨為止，全身成為一骷髏架子，白淨如有白光，骨白如珂雪。

修煉白骨觀，需時九十日。

修不淨觀則需到墓地塚間，對著冰冷僵硬的屍體，觀人死後的種種形相：屍體發紅腫、脹，呈青紫、黑，皮膚潰爛，全身上下壞血塗漫，五臟六腑爛成一塊塊，任鳥獸蟲蟻相繼啖食。

觀身不淨，貪愛之心自然不起，領悟人生之虛妄，對三界的欲樂產生厭離之心。

修行者觀體內腑臟潰爛不淨境相，便會厭惡自己色身，亟欲捨棄，起了自殺念頭，死魔作崇，依然不能了脫生死。此時修行者當教易觀，觀想腑臟不淨之物墜地，全被夜叉吸去，自身各骨節間放白光，所見之人皆為白骨。最後白乳色大水，淹沒白骨人，達到虛空之境，內心平靜，真正脫離生死苦海。

寂生想像白骨觀修成，路上行人放眼望去，皆成一具具白色骷髏，那該是何等境界！

他聽過一個故事：

修行者在森林修不淨觀，始終未能證悟，有一個與丈夫吵架的婦女，路過森林，被那修行者的樣貌所吸引，上前欲勾搭以引起丈夫的嫉妒。正在境界中的修行者，把婦女看成一具獠牙畢露的白骨，霎時間證得聖果。

寂生行腳在外，不知建康城何處塚間墓地，可以對著屍體修不淨觀，朝夕面對死亡，生起對世間感官的厭離之心，達到解脫。

他打聽到一個取代的方式修白骨觀，那就是找一處僻靜的後殿，在禪房四壁畫上白骨死屍骷髏，閉門薰修。寂生正預備到建康城尋找這一靜處修行，讓他日夜與死亡為伍。他相信自己定可發覺悟之心，破色魔之障，看到女人芙蓉白面，美貌紅妝，便知其實只是帶肉骷髏而已。

還沒找到地方起修白骨觀，寂生又與那女子重逢。

那是個桃花盛開的三月天，道場寺來了參訪者，寂生前去應門。山門一開，看到兩位尼師，年輕的那位，兩道雖沒經過修飾，卻依然彎曲有致的蛾眉，她微側著頭，眼瞼低垂的神態，令寂生的心一震。

是她。

腳下不由自主地跨前一步，寂生要問她那一句埋在心中多時的話：

那次他重回竹林寺想接她出去，如果她知道了，她會和自己一起走嗎？

寂生有所不知的是那個浴佛節的黃昏，當時還是嫣紅的她，發現山門依然大開，霎時間動了逃離竹林寺的念頭。她想夾在信眾群中出去，去找尋玩夜，重續兩人未盡的情緣。

來到山門，探頭往外望了一眼，抬起腳就要踏出一步，嫣紅看到一個僧人獨自徘徊在那株銀杏樹下，那袈裟的身影，令她有點眼熟，似曾相識。也不知什麼觸動了她，一轉念，她突然不想出去了。

嫣紅始終沒踏出山門。她深深吸了一口氣，轉身向寮房走去。

寂生來到愛道師徒駐錫的建福寺外，遙望山門院牆內槐樹蕭森，連枝交映，五層塔角落懸掛的金鈴，隨著習習秋風應風而響，在寺內閉門坐禪的她應該聽不到此響彼應的鈴聲吧？寂生想。

他還是想當面問她那句話：

如果她知道他重回竹林寺想接她出去，她會和自己一起走嗎？

寂生每天佇立寺外的小徑等她，日日從晨間等到夕暮，秋天的紅葉隨著時序逐漸轉為深紅，寂生發現日午陽光下的紅楓，絢爛火紅，好不耀眼，幾個時辰過去，日影消逝，光華的紅葉轉為黯然失色。因緣變遷，沒有什麼是不變的。小徑旁的溪水嘩嘩不絕地流去，永不止息，沒有原點讓它回去，世間萬物的現象遷逝如流水，緣來緣去，事遇境移，變化多端。

緣散緣盡。寂生意識到自己與那女子的緣已盡。一轉念，他不想去問她那句話了。

27

因緣真的不可思議，就在我為情所困迷惑顛倒的時刻，曾諦適時出現指點我。

「除非是自己感受到痛苦，難過到難以忍受，才會想到改變自己。一般人執著於我見而陷入顛倒困惑，不願意轉化自己，」他說：「即使佛陀出現在眼前，還是幫不了！」

佛法是為幫助眾生解除苦迫，去除煩惱。修行要靠自己，佛陀說：自洲作自依。

佛陀是大醫王，如醫治病，登階之次第，修四聖諦：苦聖諦、苦集聖諦、苦滅聖諦、道跡聖諦。

治病的步驟，首先必須找出致苦的原因，苦的根源來自渴愛貪欲，如何對症下藥，找尋離苦之道？必須經過修行，如實觀察與警覺，最後離貪斷愛，走向滅苦之道，遠離痛苦，成就道諦。

修行的第一步要先斷無明，什麼是無明？

「……何等無明因、無明緣、無明縛？謂緣眼、色生不正思維，生於痴，彼痴者無明，痴求欲名為愛，愛所作名為業。」

因不知五蘊（色、受、想、行、識）是因緣生，在根、境為緣生識的當下，不正思維，則生愚痴，彼痴者是無明，有了無明後就產生欲求，即是愛。人之所以流轉生死，是因為有渴愛。無明蓋，愛結繫。無始以來，眾生一直輾轉生死，佛陀形容像被繩子綁在柱子上的狗，只能繞著柱子活動，只要無明貪愛在，便只能圍繞五蘊這根柱子轉。

佛陀對眾生的無明有如此的譬喻：有人在曠野散步，一不小心落在枯井裡，虧得一手攀住井裡的枯藤，才不致落到井底。井底有四條毒蛇，張口吐信望著那人，一隻老鼠正咬著那枯藤，很快就會咬斷，在這危急的情況下，那人仰頭看見枯藤上有蜂蜜，便伸出舌去舐那蜂蜜，真甜！那人什麼都忘了，甚至蜂群飛來螫人，那人也在甜蜜的享受中忽略了。

眾生在生死曠野裡，由於因緣業力感到五蘊之身，蜂蜜等於五欲的快樂，那條枯藤即是命根，老鼠咬那枯藤，有如無常的逼迫，命根很快會斷了，井裡的四條蛇，正如地水火風，四大一不調和，生病可致人於死，如同毒蛇傷人。

若要斷無明得先見因緣法。佛陀教導人們要先看因緣生，對因緣法有如實知見，知道五蘊如何生起，了知五蘊是因緣所生法，緣生則無常，因無常而苦，非我非我所，故而明白貪愛五蘊必有無法實現的苦惱。

「若見緣起，便見法，若見法，便見緣起。」

曾諦引蘇東坡的一首禪詩，他用佛偈經意演說法不孤起的佛教緣起論：

若言琴上有琴聲放在匣中何不鳴？

若言聲在指頭上何不於君指上聽？

佛說：此有故彼有，此生故彼生，此無故彼無，此滅故彼滅。

僅有琴弦放在匣中不鳴，僅有指頭也不能發聲，指頭與琴弦相互影響才發出琴聲。世間沒有獨立存在的事物，眼前的一切之所以如此，是有因有緣相互依存才如此。

一般佛教徒相信世間的事物都依循「成住壞空」這一規律，以為緣聚則合，緣盡則散，明知死後帶不走，卻依然貪戀，反正壞空是慢慢來，沒有人真的放得下。隨佛法師依據如實現觀，看到世間所有一切都是因緣生，生的當下就破壞賴之而起的因緣，因緣自我破壞，當下就瓦解，只有「壞」沒有「成」。

身心是修行的道場。曾諦教我先觀察當前實際的身心感受，遠離不合實際現實的期待貪求。練心靜坐，把注意力放在呼吸上，隨息念住攝心專注，安住於感受修習內觀，如實覺察檢視自己身心的本質，一步步向深處內在觀察，漸漸體會到自己身心的變化，心安住後，心靈開展，能夠深入更微細的層次，產生覺照的能力，探測自己的內在，看清楚自己的痛苦和困惑，觀察到欲望、憤怒、貪婪等負面的情緒正是痛苦的來源。

洞見因緣法知道無常，只有變易敗壞，不可能擁有也沒有「我」，了解於此，有了正見的智慧，世間還有什麼可以掌握和喜貪的呢？還有什麼可追逐的呢？貪愛的對象找不到了。修行有如剝芭蕉樹一樣，將自我妄念一層層的剝。

曾諦要我勇敢的正視自己的心念，就像在鏡中看到自己的臉一樣。

「人有一種毛病，往往不敢、不願意，或是羞於觀察自己，寧願選擇逃避不去面對。禪觀的目的是幫助人轉化，了解認識自己的本來面目。」

栴檀妙香把禪坐中的我引入一個既陌生而又熟悉的境地，我彷彿來到夢的邊緣，沿著陡峭的山丘往上爬，爬到佛寺最頂端，一處進香朝山的信徒不易發現的隱密角落，一扇緊閉的木門掛著「清修靜地」的牌子，修行人在門後閉觀清修。

隔著厚厚的木門，我感覺到門後有一雙眼睛和我對視。

生為獨生女兒，我從很小的時候，就開始想像其實有一個孿生姊妹。她不和我住在一起，而是在另一間屋子，有另一個住處。當我長成青春期的少女，我總感覺到有另外一個人盯著自己，看我走路跳躍，一舉一動，那是我的分身。接觸到佛教的輪迴轉世，我相信每個生命來到世間，總跟著無窮的前世，生生世世不息。

第一次到鷄鳴寺的觀音殿，我就感覺到有一雙眼睛不即不離，跟著我，會是我失散的孿生姊妹？那個小時候住在另一個地方，現在來跟我會合了？每當思念陶，對他的渴望升起，強烈到不知如何自處時，我但願能夠從自己的軀體逃亡出來，抽離自己，存在於自我之外。最好讓這個「我」死掉，我和那個此生從未見過面的孿生姊妹交換位置，我不再是我，而變成是她。

厚厚的木門後的那一雙眼睛引領著我，如果我拍門而入，被接納了，就可進入另一個世界，找到庇護，過著暮鼓晨鐘閉關修行的清淨日子。在裡面人世間的七情六欲、愛恨情仇碰觸不到我，激情漸漸止息，我將不再痛苦與渴望。

28

踏尋東晉遺跡，我來到江寧，當地的墓葬曾出土八件飾有蓮花紋的磚塊，也挖掘出一件有佛像裝飾的青瓷魂瓶。

江寧，對東晉以及整個華夏文化的傳承具有特殊意義。

謝安曾在江寧東南附近的土山修建一座精緻的園林別墅，平日與親友博弈談玄，遊玩宴飲。淝水之戰，謝安鎮守別墅運籌帷幄，當謝家子弟以八萬精銳的北府兵，擊敗苻堅的二十幾萬大軍。前方傳來捷訊，謝安正在與人下棋，看過捷報，「便攝放床上，了無喜色，棋如故。」

下完棋起身過門檻時，謝安還是高興到連折斷腳下木屐齒都毫不知情。

讀到書上這段記述，我不禁大笑，謝安的矯情還是可原諒的。淝水大捷，延續了偏安的東晉王朝的命脈，保存了華夏文化的傳承，謝安功不可沒。

那座謝安當年精心營建，果木成林，鳥獸麋鹿的土山別墅，當然不知去向。到近兩年才改建的江寧博物館，隔著玻璃欣賞東晉文物，多虧南京敬業而愛鄉土的考古學家，趁著四處大興土木，搶救文物，又說服領導把原本狹小、設備落後的地方小展覽館升級，重建為收藏東晉六朝文物的現代化博物館。

然而，東晉六朝引以為傲的藝術文物，應該不只是改建後嶄新卻冷清的博物館，玻璃櫃裡陳列的這些小件器物吧！不只是越窰青瓷、鷄首壺、蛙形水盂、鎏金的銅硯滴吧！

真正在中國藝術史上大放異彩，最精彩特出的文物，應該是鎮守帝王貴族陵墓前的巨型石雕，這些為亡魂辟邪求福，聳立陵墓兩側的天祿、麒麟靈獸。藝匠們受到當時蓬勃的創作力的激發，發揮豐富的想像力，從一座座小山一樣巨大的石塊，雕刻出一隻隻形體碩大、造型誇張變形的靈獸，它們或仰首垂身，或蹲伏，姿態靈動，已經不見漢代雕刻的呆滯感，風格已從漢代藝術的拙樸凝重轉向靈異生動，卻又不失雄偉的氣勢。

帶翼的天祿，右前足還踏著小獸，麒麟身上的浮雕紋飾精美，石獅尾部的絨毛栩栩如生，腹下嗷嗷待哺的可愛的小獅子……它們頂著藍天白雲威武挺立，守護著帝王陵寢，一千多年來，皇陵已然是荒煙蔓草，鎮墓的神獸依然挺立不肯棄守。

遺憾的是在保護文物的呼聲中，這些神獸從原來鎮守的原地撤離遷散，強制它們與雙螭座的神道柱分開，安置在公園當作景點供遊客拍照。單隻的神獸孤伶伶地聳立四處，有的還被放在學校的操場一角，侷促在頂棚遮蓋下陰暗的角落。

何等的委屈！

我在找石頭城的遺址。

東晉王朝在北方五胡異族虎視眈眈之下，為鞏固政權，在面臨長江的石頭山建造軍事堡壘，派重兵鎮守。石頭城的具體位置，多年來專家們卻眾說紛紜，說法不一，有一說有兩座石頭城，有一說是在草場門，另一說是現在的清涼山。

上世紀末，費時兩年的考古挖掘，出土的文物已證實清涼山說最具有說服力。石頭城的城垣本來是土質，為鎮壓盧循起義，征百姓改築磚牆城，唐以後石頭城喪失了防衛軍事優勢，五代時成為佛寺重地，石頭山改名為清涼山。

唐代長江大潮還可以直追城下，劉禹錫詠石頭城的詩：

山圍故國周遭在　潮打空城寂寞回
淮水東邊舊時月　夜深還過女牆來

唐以後江水逐漸往西移，石頭城下變成今日的稻田平疇。滄海桑田。

兩年前清涼山的石頭城已挖掘出土了一段磚牆，後來又將挖出的城掩埋填平，我訪問參與挖掘的考古人員，詢問何故掩埋？問不出個所以然，不知是不知道，還是不肯說。

愈走進東晉六朝，愈發覺知道的有限。文獻上的記載未必全然正確無誤，其可信性往往受到懷疑，埋藏在地下的遺存，更是個謎，而費盡辛苦出土的文物，考古學者專家各說各話，無一定論。原本寄望實物遺址重見天日後，可證實先前的推論，沒料卻是眾說紛紜，陷入歷史的模糊。專家們對東晉南朝都城的地理位置各執一己之見，如都城和台城的四至、揚州治所西州城、御道、華林園，甚至包括秦淮河和青溪上一些橋梁位置，幾乎都有不同的觀點，而且差距甚大。

我看到城市研究學者依據各自搜集到的材料，所繪製出來的建康都城圖，竟然有六家之多，古城的地理空間像是一個不具一定界線的流體，並不全然固定，而是不斷移動改變。專家從出土的瓦當出發，結合文獻所記載的資料，企圖還原東晉建康都城主要建築空間的原狀，然而，瓦當在六朝文化遺存中可說只是滄海一粟。就連一座宮苑的正確位置，一座佛寺都無法靠出土的瓦當拼湊還原。

如果把建築比喻為凝固了的音樂，那麼椽頭上的瓦當就好比一個個音符，如同一串串珠鏈，當建築崩毀，珠鏈散落，只留下斷瓦殘垣。

三國時的王粲觀看兩人下圍棋，不料棋盤被人碰了一下，下了一半的棋局被打亂了，他憑記憶將這盤棋恢復原狀，下棋的人不相信王粲復原的棋局，拿一塊布將全局蓋住，讓他用另外的棋子再擺出來。結果王粲擺完後，人們把蓋著的棋局打開，發現兩盤棋沒有一子之差。

如果王粲復生，把東晉的建康城像棋盤一樣重新排列組合，但不知會復原成什麼樣貌？

二〇一三年八月初稿
二〇一四年九月二稿
二〇一五年十二月完稿

後記

活著，就是為認識自己

1

「六四」天安門事件發生時，我住在香港，由於愛玩樂的天性使然，我在那個物質文明發展到極致的城市，享受著吃盡穿絕的生活方式，全身名牌披掛流連於香檳宴會嘆世界，日子過得有聲有色。身為小說作家的我，對自己自信又自負，總以為手中握著一支筆，命運、生命完全掌握在自己手中。

「六四」槍聲一響，改變了耽於逸樂的我。整整有半年時間，我無法使自己安靜下來，人在憤怒與傷慟中煎熬。那個時候，東西方各種信仰不同的宗教師都到香港來，為療傷止痛撫慰港人受傷的心，我依附了印度教的女上師，到中環一處可供唱誦、冥想，洗滌心靈的幽寂暗室，盤腿坐下學習靜坐，試著把心安定下來，轉向內在性靈的追求。

這是我生命中的一次大翻轉。

為了不願「九七」香港回歸主權，在中共統治下過日子，一九九四年我離開一住十七年的香港，搬回生養我的台灣。原本以為幾年的靜坐，優遊於內在空間，減低了世俗的欲望，得以抱著無所求的心情回到台北定居，沒想到卻是困難重重。

隨著時間的變遷，想要在人事已非的家鄉重新適應，尋找自己的位置，覓得安頓身心的所在，需要何其大的心力。加上獨生女遠去空巢的寂寞，令我終日惶然，不知如何自處。

就在為自覺是個家鄉裡的外鄉人而苦惱時，我參加法鼓山農禪寺聖嚴法師主持的「菁英禪三」，三天禪修在雨中度過，蒙塵的心有如經過一番清洗，最後一晚的感恩拜懺，在引磬聲中伏地下拜，懺悔以往的驕慢狂妄，生出謙虛感恩的心。跪拜中我泣不成聲，決定追隨聖嚴師父學禪。

小說創作一直是我生命的中心，我把寫作看得像命一樣重要。人到中年，自覺心靈漸漸變得粗糙遲鈍，很擔心年輕時那種纖細敏銳的感覺會隨著年歲增加離我而去，創作之泉源也隨之乾涸枯竭。

我必須尋找一條途徑，緣著它，使我疲憊的心靈得以復甦。我想望經由禪修靜坐把自己沉澱下來，以靜湖般的心來繼續寫作。我不止一次參加聖嚴師父親自主持的，分別是七天、十天、十四天的閉關禪修，起早晚睡，禁語默坐，一天坐十支香，蒲團練心，把往外攀緣的心向內收攝。我很羨慕一些禪修道友，跟聖嚴師父打一次禪七，就有脫胎換骨，如死而重生的效用。

我倒也有一次值得一提的經驗：

二〇〇一年，我以我的原鄉鹿港為題材，以它象徵清朝時期的台灣，做為台灣三部曲的開篇，由於歷史文獻資料過於龐雜，正為找不到小說的核心結構而煩心，本想放棄已經報名參加的十天默照禪修，留在家中書桌前進行二稿改寫。師父看出我動搖的心思，臨陣逃脫不得，還是去了，心想上山閉關，讓惱子淨空，好好休息一番。

進入禪堂前，遵照師父的叮嚀，試著放下一切，先把心中的煩惱、創作所碰到的困擾障礙，通通打包放在禪堂外，再進去認真坐禪。所謂「將色身交與常住，性命付託龍天」。

禪坐第七天午後，感覺到禪堂四面牆及屋頂全消失了，處身空曠無垠的大氣之中，身心與依住的空間合而為一，統一成為一個整體。

聽到引磬聲，睜開眼睛，禪堂前山坡下，村路過去的樹群彷彿全移到我的眼前，距離那麼近，近到樹上每一片葉子好像都看得清清楚楚。

第八天下午，我進入多次閉關以來從未經歷過的甚深禪定，一種深沉安寧的狀態持續著，所有的煩惱困擾似乎全都止息，離我而去，感到一種如釋重負的輕鬆，心暫時有著一刻的休歇。

突然，有一個細小的聲音在全無預期的情況下，浮現上來，極簡短的一句話，只有幾個字，霎時間解決了糾纏多時無以釐清的小說結構上的問題。那句話有如一根絲線，把散落四處的珍珠瞬間串聯成一串。

我找到了小說的主幹。

透過禪坐，喚醒了我心靈深處的原氣，觸發內在的能量，挖掘出潛在的智能，使我得以從狹隘的自我限制中掙脫出來。心的沉澱增強了我的理解力，令我超越思考，生出原本沒有的特異能力，受到啟示，在毫無蓄意尋找之下，一瞬間靈光一閃，意外找到了答案。

禪修攝心達到一定深度的境地，會爆發出始料不及的靈感，使我的創作之源泉汩汩不絕地流著。

「唔，不會開悟，能有靈感。」

我把受到啟示的經驗告訴師父，得到這樣的回答。

受命寫聖嚴師父傳記《枯木開花》，是我認真學佛的伊始。

在這之前，從未寫過傳記，而傳主又是備受人們推崇景仰的一代高僧。動筆之前，先行調理自己的狀態，早晚打坐靜心，臨帖寫書法，描畫觀音佛像，甚至重當老學生，到台大旁聽佛教藝術史課。我有意識地將自己從長期浸淫的文學創作中抽離出來，一心只閱讀與佛教相關的文字。對我來說，佛學畢竟屬於另一種思維語言。

我把寫傳當作修行，情緒極少起伏波動，心境也一直保持前所未有的穩定。雖然長時間地離群索居，也不為寂寞所苦，平生首次體味到佛法的妙用，寫作過程中，有如被一股無形的力量所攝，幾乎達到廢寢忘食的地步。

2

隨佛法師說：

「佛法是顛覆自己的經驗，用來革認知的命。」

二〇〇八年，我的生命又有了極大的翻轉。

紐約悶熱的盛夏，我在法拉盛一處由善心人士慨然相借的空屋，和幾十位法友擠在水泥地上鋪的塑膠墊子上，聆聽隨佛法師說因緣法。

佛法的核心是因緣法。五蘊（色、受、想、行、識）依因緣而生，依因緣而滅。世上的萬事萬物都是互相關聯，這就是緣。

因緣在關係當中發生，彼此相互影響而改變，改變的同時因緣會瓦解，是一個不斷變化的過程，不是固定不變的，所以無常，沒有永恆性，沒有固定的真實和存在者，沒有自我，亦無法被擁有，為我所有。

由於無明，我一廂情願地希望一切事物、情感都是恆常不變，必須緊緊抓住才感到安全，這種想望正好與事實顛倒，與佛法相違背。為了對自己的期許，我穿著沉重的鐵鞋，在人生的道路上蹣跚而行，我把寫作比喻為爬山，沒有到達頂峰誓不罷休。創作了那麼多年，自以為還停留在山腳下，但是我總認為憑著毅力戮力而為，或許終有願望達成的一天。

一直如此期許自己，一顆心就在憧憬成果的苦海中浮沉，以致心力交瘁，疲憊不堪。

康州五天禪修，隨佛師父所教的因緣法，終於使我脫下沉重無比的鐵鞋，踏上真正修行的道路。因緣法令我體悟到文學藝術創作，只停留在感官情緒的轉折，感官受到生理的局限，受五蘊所限制，再怎麼創造也跳不出這框框。

完成了台灣三部曲的最後一部《三世人》，在新書發表會上我當眾宣布就此封筆，決定把剩下來有限的歲月用來修行。回想我這一生，文學創作找到了我，從還是少不更事的慘綠少女時，就已經把寫作當作一生的志業，十七歲發表第一篇小說，至今白髮蒼蒼，一路走來，無不是為了對自我的挑戰。專心一志的筆耕，忽略了對生命本身的認知。

小說在寫我，寫小說的我，我疑心也許並不是真正的我。那麼，我是什麼？

隨佛師父以他的慧眼看出我假借自我完成為名，汲汲營營，不肯放下。凡事用力過猛的我，需要來個大休息，好好放鬆，開放擴大心念，由外往內，觀照自己的心，張開心中的眼睛，面對內心深處，感受內在的生命韻律，以期發現生命之流的原貌。

把時間留給生命本身，活著就是要認識自己。他說。

隨佛師父要我什麼都不做，好好休息兩年。遺憾的是我難以遵照。休息一段時間後，寫作的欲望又蠢蠢欲動，我有意對這些年的修行做一個總結，以自身學佛經驗為原型，將修行心得融合中國佛教歷史，以小說形式來表現。

佛教自印度傳入中國，東晉六朝開始興盛，《世說新語》所敘述的佛教高僧周旋於清談名士之間，既談般若，又談老莊令我十分嚮往。佛法與玄學會通，依附和吸收道家的思想來發展自己，開啟了佛教中國化的新紀元，建康（南京）正是當時最大的譯經中心。

東晉佛教中國化這一段歷史，引發我的好奇與興趣。

我安排這部小說的故事主要發生在兩晉，時間始於五胡亂華晉室南渡，北方的洛陽，東晉建都的建康是為發展情節的兩個主要舞台。

二〇一三年暮春，我去了南京，踏查東晉建康的遺跡。

上世紀八〇年代，初次造訪這十朝故都，印象最深刻的是田野鄉間，矗立的那一座座巨型的石雕，這些鎮守皇陵為亡魂辟邪求福的天祿麒麟靈獸，頂著藍天白雲，一千多年來依然威武挺立，它們姿態靈異生動，又不失雄偉，六朝藝匠憑著豐富的想像力，所創造的石雕，在中國藝術史上大放異彩。

我想再次向那些屹立於荒煙蔓草中的鎮墓靈獸致敬。

經由南京人錢南秀教授引見，我拜見南京大學考古系賀教授，他主導南京考古出土的東晉瓦當，激發了我的創作靈感，促使我起了改動小說初稿念頭。經過長時間的思考，覺得雖然我對《世說新語》中的人與事件讚嘆嚮往，然而，既然寫這本小說的初衷，主要為闡述二十年學佛修行的心得，我似乎不能只迷戀於遠古的歷史人物，而應該將時代拉近，貼近現代社會來寫，或許可引起當今佛教信徒的共鳴。

我於是運用佛教的輪迴轉世之說，創作了另一組現代的男女，以「我」做為敘述者，台灣某大學哲學系的研究生，沉陷於情欲渴愛，被男友拋棄後，為了逃離療傷，到南京做田野踏查，以出土的蓮花紋瓦當探討東晉建康佛教的宣揚。

以欣賞洛陽牡丹為名，二〇一四年暮春，我有了洛陽之行。果然不出所料，對我的小說沒有多少啟發，倒是雲台山之美令我難忘。

3

花了三年的時間，這本小說前後三次易稿。原以為修行了這麼些年，對這個題材應該可勝任，寫出不至於令自己太過失望的作品，沒想到這種想望還是落空了。我為沒能突破，修行境界更上一層而煩惱洩氣，怨怪自己程度太差，靈性上無法超越，我又故態復萌，犯了對自己過度期待，苛求過甚的毛病。

我執著於完美，把它變成我的理想和目標，隨佛師父指出我為追求完美而讓自己活在一個不真實的想法裡。

得失心是壓力的來源。

「人間沒有完美，最美的事情是恰到好處的缺陷。追求完美會讓我們痛苦，生活的重點是遠離痛苦。」

隨佛師父說：

「風在哪裡，浪就在那裡，期待在哪裡，煩惱就在那裡。」

他的一句「智慧的極限」驚醒了執迷不悟的我。世界上的事沒有一勞永逸，面對問題，盡力解決問題，人生只是一個過程，因緣不停轉變，不斷變化，事過境移，現前的一切都是影響中的狀態，無法確定，有所期待，想要擁有，一定會導致煩惱痛苦。修行的目的就是為了重建自我的認知，去除不切實際的想法和作為，度越迷惘，息止憂苦。

我一直觀望所攀登的山脈的峰頂，從來注意不到腳下生長的綠草和花朵。隨佛師父要我們以佛法度越自己的煩惱，將學習到的知見轉化成為自己的智慧。

我們的身心素質人格表現是由思維慣性、情感模式和生活型態所塑造，倘若人格沒有改變，師父說在落實修學上也不會有真正的改變。會改變的，大多只是旁枝末節的技術性做法，無法進行內質的轉化，在佛法的實修上，念佛、持戒、禪坐、行善、聞法，只能搭出個修行的架子，還缺少真正重要的內涵。若想要轉變思維慣性、情感反應與人格的模式，產生內在的深化與度越，只靠這些學習是遠遠不夠的，但是絕大多數學人都陷在這個困局裡。

修行最需要的是不逃避，直接面對實際生活的種種問題與煩惱，審察當中的緣由與發展，改變轉化思維慣性、情感行為模式、生活型態，以之導向問題與煩惱的消除。隨佛師父說：身心與情感有了改變，生命就會自己找路走。

身為女性，我對佛教的女性觀，一直耿耿於懷。經過阿難三次祈請，佛陀終於允許摩訶波闍波提出家，然而，他為女性僧團制定「八敬法」，規定比丘尼必須遵守的法規，其中第八條：

> 比丘尼受具足戒雖至百歲，故當向此受具足戒比丘極下意稽首作禮，恭敬承事，叉手問訊。

百歲比丘尼必須向剛受具足戒的比丘稽首作禮問訊。比丘尼不論戒臘多高，或佛學知識有多淵博，見任何比丘即應迎接禮拜，即使是新受戒的比丘亦然。如此一來，比丘尼的地位永遠低於比丘。

佛涅槃後，五百阿羅漢沒有女性，也不見有佛專對女性的教導經說。然而歷史上記載優秀出色的女修行者，除了摩訶波闍波提比丘尼外，她的女兒孫陀羅難陀，禪定功夫第一，法與比丘尼被譽為說法第一。

反觀中國的比丘尼，梁朝寶唱所撰的《比丘尼傳》盡錄佛門中道信心堅強，膽識超人，願為佛法捨棄生命的比丘尼，她們善於闡述誦念各種經典。小說中我特意創造愛道尼師這個人物，本來也以自己身為女性而難以釋懷，隨著修行功夫增進，體悟到人在了脫生死之前，就是在無窮盡的輪迴中，這一生身為女身，只不過是生生世世中的一世而已，學佛在自性上用功夫，而不在男女形相上起差別。我以此自勉。

當代名家・施叔青作品集1

度越

2016年5月初版　　定價：新臺幣290元

著者	施叔青
總編輯	胡金倫
總經理	羅國俊
發行人	林載爵

出版者	聯經出版事業股份有限公司
地址	台北市基隆路一段180號4樓
編輯部地址	台北市基隆路一段180號4樓
叢書主編電話	(02)87876242轉224
台北聯經書房	台北市新生南路三段94號
電話	(02)23620308
台中分公司	台中市北區崇德路一段198號
暨門市電話	(04)22312023
台中電子信箱	e-mail：linking2@ms42.hinet.net
郵政劃撥帳戶第	0100559-3號
郵撥電話	(02)23620308
印刷者	文聯彩色製版印刷有限公司
總經銷	聯合發行股份有限公司
發行所	新北市新店區寶橋路235巷6弄6號2樓
電話	(02)29178022

叢書編輯	陳逸華
校對	陳佩伶
	施亞蒨
封面設計	賴佳韋
內文排版	菩薩蠻

行政院新聞局出版事業登記證局版臺業字第0130號

本書如有缺頁，破損，倒裝請寄回台北聯經書房更換。　ISBN 978-957-08-4729-1 (平裝)
聯經網址：www.linkingbooks.com.tw
電子信箱：linking@udngroup.com

國家圖書館出版品預行編目資料

度越/施叔青著．初版．臺北市．聯經．2016年5月
（民105年）．256面．14.8×21公分
（當代名家・施叔青作品集1）

ISBN 978-957-08-4729-1（平裝）

857.7　　105006772